세계문학공부

양자오 (楊照)

중화권의 대표적인 인문학자.

언론·출판·교육 분야에서 다채롭게 활약하며, 『타임』이 선정한 아시아 최고의 서점 청핀에서 10년 넘게 교양 강의를 하고 있다. 소설가로서 여러 권의 문예평론집을 쓰기도 했다. 라디오 프로그램에서 좋은 책을 소개하며 꾸준히 대중과 소통하는 진행자이기도 하다. 『이야기하는 법』과 『추리소설 읽는 법』 등을 썼고, 동서양 고전을 일반 독자의 눈높이에 맞춘 저술로 독자와 텍스트를 잇는 가교 역할을 하고 있다.

김택규

중국 현대문학 박사이자 전문 번역가. 중국 현대소설 시리즈 '묘보설림'을 기획한 바 있고 『논어를 읽다』를 포함하여 양자오 선생의 중국 고전 강의 시리즈 대부분을 번역했다. 『번역가 되는 법』과 『번역가K가 사는 법』을 썼고 『아Q정전』, 『나 제왕의 생애』 등의 문학 작품을 비롯한 60여 권의 책을 우리말로 옮겼다.

인생과의 대결

인생과의 대결
헤밍웨이 읽는 법

양자오 지음

김택규 옮김

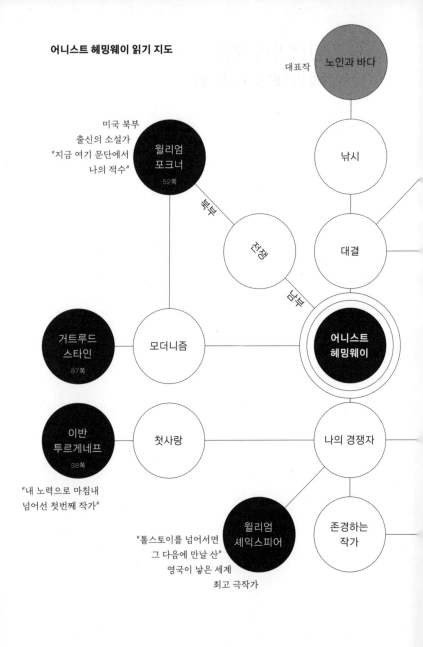

어니스트 헤밍웨이 읽기 지도

대표작   노인과 바다

미국 북부
출신의 소설가
"지금 여기 문단에서
나의 적수"   윌리엄
포크너
52쪽

낚시

북부

전쟁

남부

대결

거트루드
스타인
87쪽

모더니즘

어니스트
헤밍웨이

이반
투르게네프
38쪽

첫사랑

나의 경쟁자

"내 노력으로 마침내
넘어선 첫번째 작가"

윌리엄
셰익스피어

존경하는
작가

"톨스토이를 넘어서면
그 다음에 만날 산"
영국이 낳은 세계
최고 극작가

권투

베니 레너드
49쪽
"권투를 야만적인 운동에서 예술로 바꾼 선수"

진 터니
45쪽
문학과 예술, 헤밍웨이와 셰익스피어를 사랑한 권투계의 괴짜

야구

아르튀르 랭보
프랑스의 시인
"평생 모든 공을 변화구로 던진 작가"
조숙한 반역아?!

샤를 피에르 보들레르
헤밍웨이에게 스플리터를 가르쳐 준 작가

기 드 모파상
모든 공을 직구로 던지는 작가.
투르게네프를 넘어서면 보이는 두번째 산

레프 톨스토이
"망할 톨스토이!" 러시아 대표 소설가

F. 스콧 피츠제럴드
50쪽
신뢰하는 친구

안나 카레니나
헤밍웨이 추천 필독 도서

들어가는 말
'적수'의 의미

1

2년 전 겨울, 일본 마쓰시마에서 유람선을 탔을 때 갈매기한 무리가 배를 따라오며 승객들이 주는 새우 과자를 받아먹었다. 아래위로 날아가는 새들의 모습을 바라보다가 문득 어린 시절 읽은 『갈매기의 꿈』이 생각났다.

본래 갈매기에게 날기란 무척 힘들고 위험한 일이다. 바닷바람은 그들이 의지하는 힘이지만 동시에 가장 큰 방해물이기도 하다. 나는 갈매기가 과자를 입에 물려다가 다시 멀어지는 광경을 여러 번 보았다. 때로는 바람에 날려 갈까 봐, 때로는 나는 속도가 배의 속도에 못 미쳐서, 때로는 선체에 부딪칠까 봐 어쩔 수 없이 먹이를 포기해야 했다. 그리고 무리 중에 몸집이 작은 몇 마리는 계속 날고 울어 대면서도 승객들이 들고 있거나 허공에 던져 주는 과자를 거의 못 채 갔다. 그렇게 수시로 바뀌는 환경에 대응하며 먹이를 취하는 비행 기술을 아직 터득하지 못한 것이다.

알고 보니 갈매기도 비행 연습이 필요했다. 갈매기라고 선천적으로 잘 나는 게 아니고 또 모든 갈매기가 똑같은 비행 능력을 가진 건 아니었다.

마쓰시마를 떠난 지 두 달 뒤, 동일본 대지진이 일어나서 마쓰시마를 비롯한 동북 해안이 맨 먼저 쓰나미의 습격을 받았다. 뉴스를 보고 가슴이 떨렸다. 그 갈매기들이 뛰어난 비행 기술로 쓰나미를 피했기를 기도하지 않을 수 없었다.

그리고 2년 뒤 겨울, 일본 규슈의 구마모토에서 여객선을 타고 시마바라로 가다가 갑판에서 또 배를 따라 선회하는 갈매기 떼를 만났다. 아침 배라 갑판 위는 휑했고 승객두세 명만 먹이를 주고 있었다. 그때 날아든 갈매기 한 마리한 마리를 나는 가까이에서 똑똑히 관찰했다. 하얀 날개와새까만 부리 그리고 영민한 눈동자까지.

이번에는 헤밍웨이가 생각났다. 헤밍웨이가 뉴욕을 비판하며 "이 도시에서는 비둘기조차 열심히 날고 싶어 하지 않는다."라고 한 말이 떠올랐다. 그렇다. 이 갈매기들과 비교하면 도시의 비둘기는 난다고도 할 수 없다. 바닷바람에 용감하게 맞서며 나는 갈매기와 비교하면 비둘기는 그저 웃음거리에 불과하다.

그런 용감한 저항 속에는 존엄과 고귀함이 있으며 그것은 모든 갈매기의 몸과 날개와 얼굴에서 드러난다.

2

딸과 니콜라스 케이지 주연의 『스톨른』을 보러 갔다. 영화관을 나와서 딸이 물었다.

"FBI 수사반장은 왜 니콜라스 케이지 같은 대도를 놓아 주려 한 거야?"

나는 이렇게 대답했다.

"대도가 그의 적수이고 여러 차례 그를 이겼기 때문이지. 어떤 적수가 너무 강하면 이기고는 싶어도 어쨌든 존경심이 생기게 마련이고, 그 존경심에서 또 어떤 복잡한 감정이 생기거든. 그래서 수사반장은 그 대도를 정말 이길 수 있게 됐는데도 차마 그가 비참해지는 꼴은 보고 싶지 않았고 더 나아가 그와 싸우는 상황까지는 피하고 싶어진 거야."

겨우 열네 살인 딸이 내 말을 제대로 이해했는지 알 수가 없어서 한마디 덧붙였다.

"헤밍웨이의 책을 읽어 봐. 좀 많이 읽고 여러 번 읽으면 이해가 될 거야."

나는 실제로 헤밍웨이의 몇몇 작품을 여러 번 반복해 읽고서 '적수'의 의미를 깨달았다. 인생의 최고 가치 중 하나가 '언젠가 강력하고 호락호락하지 않으며 존경하는 것을 넘어 숭배하지 않을 수 없는 적수와 맞서 보았는가'라는 것을 말이다.

그리고 헤밍웨이의 작품을 읽은 이후 다른 작품에 대한 관점이 바뀌었다. 예컨대 『삼국지』를 보면 주유가 임종을 앞두고 "하늘은 나를 낳아 놓고 어찌 제갈량을 낳았는가!"라고 개탄하는 장면이 나온다. 여러 드라마는 주유가 한을 품고 이를 갈며 이 말을 한 것으로 묘사한다. 제갈량에게 패하여 자신의 위업을 못 이루어 한스러워한 것으로 생각한 것이다.

오래전 나는 주유가 또 다른 생각을 했을 가능성은 없

을까 상상하곤 했다. 제갈량이라는 강하고 지혜로운 적수에게 대항하느라 자신의 능력을 극한까지 끌어올릴 수 있었다고 생각했는지도 모르지 않는가. 그리고 죽음의 순간에는 이로써 더 이상 제갈량과 싸우지 않아도 된다고 안도의 숨을 내쉬었을 수도 있지 않은가.

　물론 이것은 『삼국지』의 본래 스토리와는 무관하다. 내가 헤밍웨이의 영향을 받아 상상한 것일 뿐이다.

　3

린이화林奕華 감독의 새 연극 『삼국 - What Is Success』의 홍콩 초연 당시, 나는 홍콩 청핀誠品서점에 가서 그와 대담을 했다. 나는 처음부터 적과 적수의 차이에 관한 이야기를 꺼냈다.

　말하고 보면 단순하다. 적은 혐오감을 주며, 내가 적을 이기려는 것은 그를 없애고 다시는 나를 못 괴롭히게 하기 위해서다. 반면 적수는 존경심을 불러일으키고 내게는 그를 이길 수 있다는 자신감이 거의 없으므로, 만약 그를 이기면 최고의 성취감을 얻는다. 그런데 그를 이기는 순간, 내 마음속에는 그라는 존재에 대한 고마움이 용솟음친다. 심지어 그에게 패하더라도 나는 역시 고마움을, 그가 내게서 그토록 강력한 힘을 끌어내 준 것에 대한 감사함을 느낀다.

요즘 사람들, 특히 '전기 장난감' 때문에 인지 불일치의 상황에 처한 젊은 세대는 갈수록 적수의 의미와 무게를 경험하기 어려워지고 있다. 그들의 눈에 보이는 것은 죄다 적이다. 헤아릴 수 없이 많고 소멸되기만을 기다리는 적이다. 게임은 어떻게든 적을 소멸하는 과정이며 그 안에는 적수가 없다.

또한 진정한 대결, 헤밍웨이식의 대결도 없다. 헤밍웨이식의, 적수와의 대결에서 생겨나는 고양된 삶의 체험도 사라져 버렸다. 자기가 얼마나 강한 적수와 경건하게 맞설 수 있고 또 거기에서 얼마나 심오한 인생 경험을 얻을 수 있는지 아예 모르고 산다.

4

이것이 내가 2010년 '청핀아카데미'에서 헤밍웨이를 강의하게 된 동기이다. 5주 동안 헤밍웨이 초기 작품인『무기여 잘 있거라』와 후기 작품인『노인과 바다』를 주요 텍스트로 삼아 강의했다. 하지만 대부분의 시간은 헤밍웨이의 이토록 특수한 '대결'식 삶의 가치가 어떤 시대 배경에서 형성되었는지, 또 헤밍웨이는 어떤 문학 형식으로 자신의 눈부신 '인생과의 대결'을 효과적으로 전개했는지에 할애했다.

나는 텍스트와 독자 사이에서 구구절절하게 스토리를 반복하거나 자잘한 주석을 늘어놓고 싶지 않았다. 그보다는 차라리 적절한 단락을 택해서 평범해 보이는 표면을 가르고 그 안에 헤밍웨이가 꼼꼼 숨겨 놓은, 하지만 숨겨지지 않고 용기의 빛을 분출하는 문학과 삶의 핵심을 드러내고자 했다.

자신이 전생에 인디언이었다고 생각한 헤밍웨이

1940년대에 한동안 헤밍웨이는 친구들에게 보내는 편지 마지막에 간단히 산봉우리 세 개와 골짜기 두 개를 나타내는 그림을 그려 사인을 대신하거나 그 그림을 자신의 사인으로 삼았다. 그것은 그가 스스로 지은 자신의 인디언식 이름, '쓰리 마운틴즈'를 상징했다.

　헤밍웨이는 대자연의 현상을 따서 이름을 짓는 인디언의 풍습을 따라 했다. 그는 자신이 인디언과 밀접한 관계가 있다고 생각했으며 전생에 자기가 인디언이었다고까지 말한 적도 있다. 그의 첫 번째 소설집 『우리 시대에』*의 서

---

* 헤밍웨이가 1925년에 출판한 소설집. 그전에는 1923년에 시문집 『세 편의 단편과 열 편의 시』(Three Stories and Ten Poems)를 낸 게 전부였다.

두에는 닉이라는 소년이 인디언 마을 부근에서 자라는 이 야기가 나오는데, 소설집 안에서 가장 유명한 이 작품의 제목은 바로 「인디언 캠프」이다.

이 소설은 닉이 의사인 아버지를 따라 인디언 마을에 간 일을 다룬다. 거기에는 난산으로 응급조치가 필요한 여인이 있었다. 닉의 아버지는 마취제도 없는 상황에서 긴급히 그 인디언 여인의 배를 갈라 산도에 낀 아기를 구해 낸다. 그 과정에서 여인은 당연히 고통스런 비명을 질렀다. 가까스로 가장 위험한 순간을 넘긴 뒤, 닉의 아버지는 반농 담조로 자축한다.

"이렇게 빈약한 도구로 수술을 해 내다니, 이건 의학 잡지에 실릴 만한 사례야!"

그런데 이렇게 그야말로 저승 문 앞에서 모자를 구출했다고 생각하며 모두가 마음을 놓고 있을 때 전혀 예상치 못한 반전이 펼쳐진다. 텐트 한쪽에 있던 인디언 여인의 남편이 죽은 것을 발견한 것이다. 그는 칼로 목을 그어 자살했다. 방금 전 아내의 비명을 듣고 마음이 바짝 타들어 갔고 아내와 자식을 여의는 재난이 코앞에 닥친 것이 너무 고통스러워 스스로 목숨을 끊은 것이다.

이 극적인 변화에 충격을 받은 닉은 얼마 후 배에 올

라 인디언 마을을 떠나면서 아버지에게 연이어 질문을 던진다.

"여자가 아이를 낳는 게 다 그렇게 힘든가요?"

"아니. 이번이 아주 드문 경우였어."

"그 사람은 왜 자살한 거죠, 아빠?"

"나도 모르겠다, 닉. 오늘 일들을 참기 힘들었던 것 같아."

"남자들은 많이 자살하나요, 아빠?"

"그렇지 않단다, 닉."

"여자들은요?"

"거의 없어."

"있긴 하군요."

"응, 그런 여자들이 있긴 하지."

"아빠?"

"응."

"조지 아저씨는 어디 갔어요?"

"조지는 별일 없을 거야."

"죽는 건 어려워요, 아빠?"

"아니. 나는 굉장히 쉬울 거라고 생각해, 닉. 상황에 따라 다르긴 하지만."

이것은 전형적인 '헤밍웨이식' 대화다. 대화의 각 문장이 매우 짧은 데다 이어지는 문장이 갈수록 짧아지며 특수한 리듬을 낳는다. 문장은 짧다 못해 '아빠?', '응'처럼 더 이상 짧아질 수 없는 단어에까지 이른다. 그러고 나서 화제가 바뀌고 관계없어 보이는 일이 거론돼 독자들이 한숨을 돌리는데 곧장 잊기 힘든 포인트, 즉 "Is dying hard, Daddy?", "No, I think pretty easy, Nick. It all depends."가 나타난다. 이유는 설명하기 힘들지만 이렇게 읽다 보면 마지막 두 문장이 마음속에 남아 오래도록 떠나지 않는다.

여러 해 전, 헤밍웨이의 독자 한 명이 그런 독에 중독되었다. 한창 소설을 쓰고 있던, 아직 무용가나 안무가가 되기 전의 린화이민*이었다. 그는 「무지개 밖 무지개」虹外虹**라는 소설의 서두에서 아무 이야기도 하지 않고 제목 아래 "Is dying hard, Daddy?", "No, I think pretty easy, Nick. It all depends."라는 두 마디를 인용했다. 「무지개 밖 무지개」의 주인공인 젊은이는 오후에 호수에서 헤엄을 치다가 물에 빠진 사람을 구한다. 그런데 그러고 나서는 자기가 물속에서 다리에 쥐가 나 익사할 위기에 처했다가 겨우 목숨

---

* 타이완의 현대무용가, 안무가, 예술 감독, 작가로서 2006년 디스커버리 채널이 뽑은 타이완을 대표하는 인물 6명 중 1명으로 뽑혔다.(옮긴이)
** 린화이민의 중단편 소설집 『매미』(蟬)에 수록되었으며 이 소설집은 1974년 다디(大地)출판사에서 처음 출판되었다. 지금은 인커(印刻)출판사에서 개정판이 나와 있다.

을 건진다. 짐을 챙기고 버스에 올라 타이베이의 번화한 거리로 돌아오다가 문득 강렬한 분노를 느낀다. 자신이 하마터면 죽을 뻔했다는 것을 아무도 몰랐을 뿐만 아니라, 그렇게 생사의 고비를 넘긴 것을 아무도 신경 쓸 것 같지 않았기 때문이다. "죽는 건 어려운가?" 어렵지 않다. 오히려 굉장히 쉽다. 때로 사람은 별 이유 없이 목숨을 잃는다. 더 고약한 것은 누가 별 이유 없이 목숨을 잃어도 이 세계는 평소처럼 존재하고 계속 돌아간다는 사실이다. 마치 아무 일도 일어나지 않았던 것처럼 말이다. 우리는 이런 상황을 어떻게 대하고 이해해야만 할까?

헤밍웨이가 자신이 인디언과 매우 비슷하다고 생각한 이유 중 하나는 사냥을 대단히 즐겼고 인디언의 수렵 문화를 친밀하게 느꼈기 때문이다. 그가 평생 열렬히 좋아한 몇 가지는 사격(사냥을 포함한다)·야구·권투·투우 그리고 낚시였다. 낚시도 민물 가에서 조용히 평화롭게 즐기는 것이 아니라 바다에 나가 큰 고기를 낚는 것, 영어로 말하면 '게임 피싱'game fishing을 좋아했다. 바다에서 천 파운드에 달하는 거대한 물고기를 찾아 낚곤 했다. 헤밍웨이의 명저 『노인과 바다』***는 작은 배를 타고 망망대해에서 청새치를 잡는 이야기이다. 헤밍웨이가 잡아 본 청새치 중 가장 큰

*** 1952년에 출판되어 1953년에 퓰리처상을 받았다. 이어서 헤밍웨이는 1954년에 노벨문학상을 받았다.

27

것은 무게가 무려 1,040파운드(약 470킬로그램)였다. 이런 일은 그에게 오락이 아니라 게임이었고 승패가 있는 공정한 대결이었다. 인디언의 사냥도 현대 미국인의 사냥과는 달랐다. 사냥감의 홈그라운드로 들어가 혼자 숲속의 갖가지 불리한 조건을 견디며 공정하게 동물과 대결을 벌이는 것이었다.

그가 좋아한 이런 일들, 즉 사냥·권투·야구·투우·게임 피싱은 공통점이 있다. 모두 사납고 만만치 않은 적과 맞서야 하는 일이라는 것. 다시 말해 모두 도전과 마주해야 하는 일이다. 이것이 바로 헤밍웨이의 기본적인 삶의 태도다. 그가 줄곧 가장 신경 쓰고 강조한 것은, 그럴듯한 적조차 존재하지 않는 인생은 살 가치가 없다는 것이었다.

헤밍웨이는 뉴욕을 혐오했으며 뉴욕에 대해 이런 유명한 코멘트를 남겼다.

"이 도시에 무슨 문제가 생긴 걸까? 이 도시에서는 비둘기조차 열심히 날지 않는다."

맞는 말이다. 뉴욕의 비둘기는 타이완의 타이베이 중정中正기념관 광장의 비둘기와 다를 바가 없다. 그것들은 이쪽에서 잠깐 꼼지락대다가 저쪽에서 몇 미터쯤 날곤 한다. 결코 열심히 날지 않으며 또 결코 공중에서 사는 동물이라는 느낌을 주지 않는다. 그러니 날아오르는 자세와 태도로 우리를 감동시킬 일도 없다. 헤밍웨이는 그런 비둘기를 참을 수 없었고, 도전도 위험도 없이 그럭저럭 살아가는 것을 참을 수 없었다.

헤밍웨이가 사랑한 것들

미국의 저널리스트이자 작가 릴리언 로스는 잡지 『뉴요커』에 헤밍웨이에 관한 인물평을 기고한 적이 있다.* 영민한 그는 스무 살 때부터 『뉴요커』에 글을 싣기 시작했으며, 그의 글은 시도 소설도 아니고 인물을 테마로 한 칼럼이었다. 주로 명사를 깊이 있게 인터뷰해 보도했다. 이런 글을 쓰려면 반드시 인터뷰이의 생애와 성취를 잘 알아야 하고 또 시대와 사회에 대한 인식까지 철두철미해야 하니, 평범한 스무 살 젊은이가 이런 기사 작성을 맡는 것은 거의 상상하기 어렵다.

로스의 초기 대표작 중 하나가 바로 헤밍웨이에 관한 글로 1949년, 로스가 22세였던 해에 쓴 것이다. 그 글은 겉으로 보면 안이할 정도로 평이하고 단조롭다. 처음부터 끝까지 헤밍웨이가 잠깐 뉴욕에 와서 이틀 동안 무슨 일을 경험했고 무슨 말을 했는지에 관해서만 썼다. 이런 방식으로

---

* 릴리언 로스(Lillan Ross)는 1926년생의 미국 기자이자 작가로서 1945년부터 『뉴요커』에 글을 싣기 시작했다. 헤밍웨이에 관한 그녀의 글은 1950년 5월에 나온 『뉴요커』에 게재되었고 제목은 "How Do you Like It Now, Gentlemen?"이었다.

작성된 그 글은 발표 후 큰 논란을 불러일으켰다. 왜냐하면 헤밍웨이의 열렬한 팬뿐만 아니라 헤밍웨이를 극도로 싫어하는 사람까지 그 글에서 로스의 악의를 느꼈기 때문이다. 사람들은 로스가 일부러 그런 '자질구레한 기록'의 방식으로 헤밍웨이가 얼마나 우스운 사람인지 부각시켰다고 단정했다.

로스가 그 글을 쓸 때 헤밍웨이에 대한 불경한 의도가 전혀 없었다고 아무리 해명해도, 독자들은 계속 "헤밍웨이의 단점을 악의적으로 폭로했다."는 관점으로 그의 글을 읽었으며 누구는 로스를 찬양했고 누구는 로스를 혐오했다. 이런 반응 중 일부는 로스의 생생한 묘사에서 비롯되었지만 더 큰 부분은 헤밍웨이에 대한 미국 사회 특유의 양극적인 평가에서 비롯되었다. 헤밍웨이는 지나치게 특별하고 개성적이어서 사람들은 그에 대해 공정한 관점을 갖기가 어려웠다. 누구는 극도로 그를 좋아하고 숭배한 반면, 누구는 극도로 그를 혐오하고 멸시했다.

그런데 그토록 많은 사람들이 로스에게 악의가 있다고 단정했는데도 헤밍웨이만은 거기에 끼지 않았다. 글이 발표된 후에도, 그는 계속 헤밍웨이와 연락을 주고받았다. 그중 한 편지에서는 헤밍웨이의 장남 존에 대해 몇 마디 칭찬을 건네기도 했다. 이에 대해 헤밍웨이는 답장에서 "와, 내 아들이 당신 마음에 들었다니 무척 기쁘군요. 나도 내 아들을 사랑합니다."라고 말했다. 그런데 더 중요한 말은 그다음 문장이었다.

"하지만 나는 비행기와 배와 바다와 내 자매들과 내 아내들도 사랑합니다."

'내 아내들'이었다. 그렇다. 복수였다. 이 편지를 쓸 때 헤밍웨이는 네 번째 아내와 함께 살고 있었다. 하지만 전처 셋과도 다 좋은 관계를 유지하고 있었다.* 편지는 아직 끝나지 않았다. 이어서 그는 또 이런 말을 했다.

"나는 삶과 죽음도 사랑하고 아침·정오·오후·밤도 사랑하며 명예도 사랑합니다. 권투·수영·야구·사격·낚시도 사랑하고 독서와 글쓰기도 사랑합니다. 나는 온 세상의 아름다운 그림도 사랑합니다."

그의 아들 존이 이 편지를 보지 않았기를 바란다. 만약 봤다면 틀림없이 상처를 받았을 것이다. 알고 보면 그는 이토록 많은 것들과 아버지의 사랑을 놓고 다퉈야 했다. 이토록 많은 것들을 사랑해야 했기에 헤밍웨이는 몹시 바빴다. 정체되고 무료한 삶은 도저히 못 참았다.

---

* 헤밍웨이는 평생 네 명의 아내가 있었다. 엘리자베스 해들리 리처드슨(1921~1927), 폴린 파이퍼(1927~1940), 마사 겔혼(1940~1945), 메리 웰시 헤밍웨이(1946~1961)와 차례로 함께 살았다. 헤밍웨이의 세 자녀는 첫 번째 아내 해들리가 낳은 존(나중에 잭으로 개명) 그리고 두 번째 아내 폴린이 낳은 패트릭과 그레고리였다.

그는 권투와 야구를 좋아한다고 했다. 권투와 야구에 관해 얼마간의 지식과 흥미가 있으면 헤밍웨이를 읽는 데 도움이 되며, 거꾸로 권투와 야구를 전혀 모르면 헤밍웨이의 가장 훌륭한 생각 몇 가지와 글쓰기 방법을 이해할 수가 없다. 헤밍웨이는 투우에 관한 글을 썼고 권투에 관한 글도 쓴 적이 있지만 직접 야구를 언급한 글은 상대적으로 적다. 하지만 그는 기묘한 지점에서 신들린 듯한 필력으로 역시 기묘하게 야구 지식을 활용하곤 했다. 예를 들어 기 드 모파상*을 평할 때 그랬다. 그는 모파상이 언제나 최선을 다해 전력투구했으며 그가 던진 공은 전부 직구, 그것도 안쪽의 하이 패스트볼이었다고 말했다. 이런 말을 이해하려면 반드시 어느 정도 야구를 알아야 한다.

헤밍웨이는 모파상이 어떠한 잔꾀도 쓰지 않는 사람이었음을 표현하려 했다. 그는 언제나 빠른 직구로 정정당당하게 타자와 대결하는 투수 타입이었다는 것이다. 어떠한 속임수도 없었고 자기가 직구를 던지려 하는 것을 타자가 미리 알고서 대비하는 것도 두려워하지 않았으며 그저 칠 수 있으면 쳐 보라는 식으로 빠르고 묵직한 공을 던져 댔다는 것이다. 놀런 라이언이나 로저 클레먼스** 같은 투수

---

* Guy de Maupassant(1850~1893). 프랑스 작가로 6권의 장편소설과 3백 편이 넘는 단편소설 등의 많은 작품을 남겨 '단편소설의 왕'이라는 평가를 받는다. 대표작으로 『비계 덩어리』 등이 있다.

** 놀런 라이언(Nolan Ryan)은 1947년생이며 미국 메이저리그 투수로 최다 삼진 기록(5714회) 보유자이고 통산 324승을 거둬 1999년에 미국 야구 명예의 전당에 입성했다. 그리고 로저 클레먼스(Rog-

가 바로 그렇게 타자가 치는 것을 두려워하거나 피하지 않고 용감하게 하이 패스트볼을 던진다. 왕젠민***의 가라앉는 공, 즉 싱커 같은 공은 절대 던지지 않는다. 어디 능력이 있으면 내 공을 쳐서 담장 밖으로 날려 보라는 식이다. 게다가 그들이 던지는 안쪽 하이 패스트볼은 타자에게 매우 가까이 날아가서 조금만 실수해도 타자의 머리를 맞히기 십상이다. 이에 대한 그들의 태도는 "내 공을 치려면 배짱이 두둑해야 할 거야. 이런 하이 패스트볼에도 안 놀라고 움츠리지 말아야 하니까 말이야."라는 식이다. 헤밍웨이는 이런 방식으로 모파상을 칭찬했다.

헤밍웨이는 프랑스의 대시인 보들레르****에 대해서도 이야기한 적이 있다. 그는 탁월하고도 짧은 한마디로 보들레르를 평했다.

"나는 그 녀석에게 스플리터를 배웠다."

보들레르가 살아 있을 때 야구는 아직 미국에서 발명되지도 않았다! 보들레르는 당연히 야구를 본 적도 없고 야구를 해 본 적도 없었으며 '스플리터'가 뭔지도 까맣게 몰랐

---

er Clemens)는 1962년생이며 역시 '로켓맨'이라고 불린 메이저리그 명투수이다. 통산 삼진 횟수는 4672회이고 354승을 거뒀으며 투수 최고의 영예인 사이영상을 7차례 수상했다.

*** '타이완의 빛'으로 불리는 타이완 태생의 야구 선수로 투수이며 수차례 국가 대표로 선발되었고, 메이저리그에 진출했다. 현재 중신 브라더스 2군의 투수 코치이다.(옮긴이)

**** 19세기 프랑스의 가장 중요한 시인으로『악의 꽃』,『파리의 우울』등의 시집이 유명하다.

는데 어떻게 헤밍웨이에게 '스플리터' 투구법을 가르쳐 줄 수 있었을까?

스플리터는 무엇일까? 정식 명칭은 스플릿 핑거 패스트볼split-finger fastball이며 포크볼forkball이라고 불리기도 한다. 공을 검지와 중지 사이에 끼워 직구와 똑같은 동작으로 던진다. 이런 식으로 던지면 날아갈 때 공이 회전하지 않기 때문에 잘 조절하면 홈플레이트 바로 위에서 운동 에너지가 다 소진되어 공이 뚝 떨어진다. 미국 메이저리그 역사상 스플리터를 가장 잘 던진 투수는 일본에서 건너가 활약한 노모 히데오*다. 노모 히데오가 막 미국으로 건너갔을 때 타자와 기자들은 그의 스플리터를 보고 조금 과장하긴 했지만 그의 공이 타자 앞에 이르러 "갑자기 2층에서 뚝 떨어진다."고 생생하게 묘사했다. 당시 메이저리그의 여러 강타자들은 노모 히데오와 대결할 때 멋쩍어 하는 영상을 남겼다. 그들은 그럴싸하게 준비 동작을 취하고 있다가 힘껏 배트를 휘둘렀지만, 배트는 허공을 갈랐고, 공은 배트 수십 센티미터 밑을 통과했다. 이것이 바로 스플리터의 위력이다.

스플리터가 그렇게 위력적인 이유 중 하나는 투구 동작이 직구를 던질 때와 거의 비슷해서 직구와 섞어 사용하

---

* 1968년생 일본 투수다. 그는 1995년 메이저리그 LA다저스에 입단했고 같은 해에 신인왕이 되었다. 메이저리그 통산 123승을 거뒀으며 2008년에 은퇴했다.

기가 편리하다는 점이다. 앞의 공이 직구였으면 타자는 투수가 똑같은 동작으로 던지는 다음 공도 똑같이 직구일 것이라고 생각하기 쉽고 그 계산대로 자신 있게 배트를 휘둘렀다가 그만 낭패를 보고 만다. 직구가 아니라 갑자기 뚝 떨어지는 스플리터인 것이다. 훌륭한 투수는 항상 타자가 자기 눈앞으로 날아오는 공이 곧장 홈플레이트 위를 통과할지, 아니면 갑자기 뚝 떨어질지 예상하지 못하게 한다.

만약 야구를 잘 알고 또 보들레르의 시를 읽어 본 사람이라면 헤밍웨이의 그 짧은 코멘트를 보고 분명 나처럼 무릎을 치며 찬탄을 금치 못할 것이다. 보들레르의 시는 일상의 언어와 소재 속에서 느닷없이 경이로운 효과를 만들어 낸다. 추악한 도회지의 정경에서 기괴한 아름다움이 발현될 때 보들레르의 독자는 홈플레이트 앞에 서서 노모 히데오의 스플리터에 현혹된 타자와 똑같은 경험을 하게 된다!

헤밍웨이는 또 다른 프랑스 시인에 대해서도 역시 야구에 빗대어 코멘트를 했다. 그 시인은 바로 스무 살이 되기 전에 평생의 시를 다 창작한 랭보**였다. 헤밍웨이는 랭보가 모파상과는 정반대로 평생 직구를 던진 적이 없다고, 모든 공을 다 변화구로 던져 타자를 속이려 했다고 말했다. 야구장에서는 빠른 직구 대신 변화구로 승부하는 투수도

** Arthur Rimbaud(1854~1891). 프랑스의 유명한 상징주의 시인으로 『일뤼미나시옹』 등을 남겼다.

당연히 필요하다. 하지만 자신의 개성 탓에 헤밍웨이는 늘 변화구만 던지고 타자와의 정면 대결을 원치 않는 투수를 좋아할 리 없었다.

이 밖에도 『모비 딕』의 저자 멜빌*을 가리켜 헤밍웨이는 '공은 빠르지만 제구력은 안 좋은 좌투수'라고 평한 뒤, "그가 모든 구단에서 뛰면서 모든 일을 보고 모든 것을 알았던 것은 실로 훌륭하다."라고 덧붙였다. 그는 멜빌의 소설이 강력한 힘을 갖고 있기는 하지만 기교가 부족해 어떻게 그 힘을 통제할지 모른다고 생각했다. 하지만 멜빌은 자신의 선천적인 힘에 의지해 살아가면서 마치 메이저리그의 베테랑 선수처럼 어떤 상황을 만나도 침착하게 대응함으로써 그런 기교상의 단점을 덮을 수 있었다는 것이다.

헤밍웨이가 야구의 투수에 비유해 평한 작가 네 명 중 세 명이 프랑스인이었다. 고등학교도 졸업하지 않은 헤밍웨이는 독학으로 프랑스어를 배웠다. 그가 프랑스어를 익힌 방법은 이랬다. 유럽에 가서 기자 생활을 하며 매일 AP 통신의 뉴스를 살폈는데, 그 뉴스들은 각기 영문판과 프랑스어판이 나란히 붙어 있었다. 똑같은 뉴스를 두 언어로 대조해 오래 읽다 보니 자연스레 프랑스어를 하게 되었다. 그에게는 이런 능력이 있었다.

---

* Herman Melville(1819~1891). 미국의 작가로 『모비 딕』 등을 썼다.

개인적인 작가 순위

릴리언 로스는 헤밍웨이와 편지를 주고받을 때 그에게 소설 분야의 '필독서 목록'을 써 달라고 부탁한 적이 있었다. 헤밍웨이는 실제로 목록을 보내 주었다. 거기에는 우선 모파상의 단편소설이 있었고 그다음은 스탕달의 『적과 흑』이었으며 이어서 플로베르의 『보바리 부인』, 프루스트의 『잃어버린 시간을 찾아서』, 토마스 만의 『마의 산』, 도스토옙스키의 『카라마조프의 형제들』, 톨스토이의 『전쟁과 평화』와 『안나 카레니나』 그리고 미국 작가인 호손, 멜빌, 마크 트웨인, 헨리 제임스의 작품이 있었다.** 그 목록에 있

** 스탕달(Stendhal은 필명이며 본명은 Marie Henri Beyle, 1783~1842)은 프랑스 작가로 대표작은 1830년에 출판된 『적과 흑』이며, 귀스타브 플로베르(Gustave Flaubert, 1821~1880)는 프랑스의 소설가로 1857년에 출판된 『보바리 부인』으로 큰 명성을 얻었다. 마르셀 프루스트(Marcel Proust, 1871~1922)는 프랑스의 소설가로 평생의 대표작은 모두 7권으로 이뤄진 대작 『잃어버린 시간을 찾아서』이고, 토마스 만(Thomas Mann, 1875~1955)은 독일의 소설가로 1929년에 노벨문학상을 받았으며 『마의 산』, 『부덴브로크가의 사람들』, 『베네치아에서의 죽음』 등을 썼다. 도스토옙스키(Fyodor Dostoyevsky, 1821~1881)는 러시아의 소설가로 『카라마조프의 형제들』, 『지하생활자의 수기』, 『죄와 벌』 등의 작품이 있고, 톨스토이(Leo Tolstoy, 1828~1910)도 러시아의 소설가로 『전쟁과 평화』, 『안나 카레니나』 등을 썼다. 한편 너새니얼 호손(Nathaniel Hawthorne, 1804~1864)은 미국의 작가로 대표작은 『주홍글씨』이며 마크 트웨인(Mark Twain은 필명으로 본명은 Samuel Clemens, 1835~1910)도 미국의 작가로 『톰 소여의 모험』, 『허클베리 핀의 모험』 등을 지었다. 미국 작가 헨리 제임스(Henry James, 1843~1916)는 『나사의 회전』 등을 지었으며 그의 형은 저명한 실용주의 철학자이자 심리학자인 윌리엄 제임스(William James, 1842~1910)이다.

는 한 권은 우리에게 비교적 생소한데, 그것은 스티븐 크레인Stephen Crane의 『붉은 무공훈장』Red Badge of Courage이었다. 그 책은 전쟁을 다루었고 또 그 전쟁은 헤밍웨이 자신도 잘 아는 제1차 세계대전이어서 목록에 들어간 게 아주 의외는 아니다.

그 목록의 작품들은 주로 19세기 소설이었으며 프루스트 외에는 모더니즘 작가의 작품이 없었다. 조이스의 작품도, 포크너의 작품도 없었다.* 헤밍웨이는 스스로 자신이 19세기 소설과 밀접한 관련이 있으며 심지어 19세기 소설 전통의 계승자라고 생각했다. 하지만 그렇다고 해서 그가 쓴 소설이 그 시절 대가들의 작품과 유사하다는 것을 뜻하지는 않는다.

그는 50세 때 했던 또 다른 인터뷰에서 자기 마음속의 소설가 순위를 더욱 명확하게 밝혔다.

"나는 아주 젊은 시절부터 소설을 썼으며 열심히 노력해서 마침내 투르게네프**를 넘어섰습니다."

투르게네프는 그가 넘어선 첫 번째 계단이었던 셈

---

* 제임스 조이스(James Joyce, 1882~1941)는 아일랜드 작가로 모더니즘 문학의 대표 인물이다. 가장 유명한 작품은 1922년에 출판된 의식의 흐름 기법으로 쓰인 소설 『율리시스』이다. 그밖에 『더블린 사람들』, 『젊은 예술가의 초상』 등이 있다. 윌리엄 포크너(William Faulkner, 1897~1962)는 미국의 소설가로 1949년에 노벨문학상을 받았다. 미시시피강 유역을 배경으로 하는 『음향과 분노』, 『내가 죽어 누워 있을 때』, 『팔월의 빛』 등의 여러 장편소설을 썼다.
** Ivan S. Turgenev(1818~1883). 러시아의 소설가로 『사냥꾼의 수기』, 『아버지와 아들』 등을 썼다.

이다.

"나는 또 열심히 노력해서 마침내 모파상을 넘어섰지요. 그리고 오랜 세월이 흘러 지금은 스탕달보다 나은 글을 쓸 수 있다는 자신감이 생겼습니다. 하지만 아직도 눈앞에 있는 저 망할 톨스토이는 넘어설 수 없군요."

톨스토이가 생각나서 그는 기분이 울적해졌다. 하지만 아직 희망을 버린 것은 아니었다.

"지금처럼 이렇게 계속 노력하면 아마 기회가 있을 겁니다. 그러면 언젠가 정말로 톨스토이를 넘어설 겁니다. 뒤에 또 셰익스피어가 있긴 하지만요."

그러고 나서 헤밍웨이는 기자를 앞에 둔 채, 셰익스피어의 작품에 의구심을 갖고 이런저런 작품들이 셰익스피어가 쓴 게 아니라고 떠들어 대는 이들을 욕했다. 그는 그 사람들이 이상하다고, 정말 중요한 포인트는 다른 데 있다고 생각했다.

"나는 그가 셰익스피어인지, 다른 누구인지는 상관하지 않아요. 내게 의미 있는 것은 단 하나, 그가 나 이전에 그 작품들을 써서 나를 속수무책으로 만든 겁니다."

이것이 헤밍웨이의 개인적인 작가 순위였다. 창작의 관점에서 꼽은 그 작가들 한 명 한 명이 다 그가 넘어야 할 계단이었다. 투르게네프·모파상·스탕달·톨스토이 그리고 맨 위는 셰익스피어였다. 흥미롭게도 그가 이 명단을 배열한 방식은 꼭 이런 스토리를 말하고 있는 듯하다.

"자, 우리 링 위에서 한 명씩 승부를 가려 봅시다. 먼저 새로 온 신출내기 헤밍웨이가 투르게네프에게 도전했는데, 앞의 몇 라운드 내내 맞고만 있던 헤밍웨이가 9라운드에 역전해서 투르게네프를 케이오시켰습니다. 그래서 헤밍웨이는 모파상에게 도전할 자격을 얻었고 또 12라운드 동안 끈질기게 싸워 판정승을 거뒀습니다. 그러고 나서 그는 랭킹이 올라 스탕달과 맞붙었고 둘은 지금 막상막하로 싸우고 있군요……."

헤밍웨이는 글쓰기라는 일을 자주 권투 경기에 비유했다. 그는 "스무 살 때 나는 스스로를 증명하고 타이틀을 땄다. 하지만 서른 살이 됐을 때 나는 계속 내 타이틀을 지켜야만 했다."라고 했다. 이것은 마치 알리나 포먼 또는 타이슨이나 슈거 레이 레너드*가 링 위에서 상대를 쓰러뜨리

---

* 무하마드 알리는 미국의 권투 선수로 1960년 로마 올림픽에서 라이트 헤비급 금메달을 땄으며 프로 데뷔 후에는 "나비처럼 날아 벌처럼 쏘는" 타격 기술로 세계에서 가장 유명한 권투 선수가 되었다. 조지 포먼(George Foreman)도 1949년생 미국 권투 선수로 1968년 멕시코 올림픽 금메달리스트였다. 1974년 40전 전승의 기세로 알리와 '정글 대전'을 벌였지만 결국 알리에게 패했다. 그 후, 1994년 45세의 고령으로 당시 헤비급 챔피언 마이클 무어에게 도전하여 10라운드에 케이오 승을 거뒀다. 1968년생인 미국 권투 선수 마이크 타이슨(Mike Tyson)은 1986년 역사상 최연소 헤비급 세계 챔피언이 되었지만, 1991년 강간 사건으로 복역했고 출옥 후 1996년 다시 세계 챔피언이 됐다가 2005년 거액의 빚을 진 채 은퇴했다. 마지막으로 슈거

고 환호성 속에서 챔피언 벨트를 차지했지만, 챔피언 타이틀은 일시적인 것일 뿐이어서 반드시 그것을 뺏으려는 도전자가 있다는 것을 이야기하고 있는 듯하다. 그는 되풀이해 자신을 증명해야 했고 이기지 못하면 끝장이라고 생각했다.

헤밍웨이는 줄곧 특수한 투쟁 정신을, 일종의 권투 시합에 임하는 정신을 갖고 있었다. 이런 정신을 이해해야만 그의 작품을 이해할 수 있다. 그는 중요한 걸작을 썼다는 이유로 만족과 안정을 느낀 적이 없었다. 링 위에서는 그럴 수 없다. 링 위에는 '대가'가 있을 수 없다. 알리를 이겼다고 해서 높은 자리에 앉아 마음 놓고 으스대는 것은 불가능하다. 링 위에서 알리를 쓰러뜨리면 수많은 더 강한 적수들을 자극할 뿐이다. 그들은 주먹을 문지르고 손을 비비며 링 위에서 상대를 쓰러뜨리기를 기다린다.

헤밍웨이는 자신의 글쓰기를 권투에서의 연이은 타이틀 방어전처럼 생각했다. 그는 끊임없이 상상 속에서 선배 대가들과 대결했고 새로 링 위에 올라와 도전하는 후배들도 물리쳐야 했다. 책을 써 냈다고 해서, 한 경기에서 이겼다고 해서 긴장을 풀고 만족할 수는 없었다.

레이 레너드(Sugar Ray Leonard)는 1956년생 미국 권투 선수로 5개 체급의 챔피언 타이틀을 차지했으며 권투 선수 중에 역사상 최초로 1억 달러 수입을 돌파했다.

권투 기사는 일류 기자가 썼다

헤밍웨이가 성장하고 문단 활동을 시작하기까지의 시대는 미국 권투의 황금시대였다. 당시 권투는 야구를 능가할 정도로 인기가 많았다. 적어도 그 대단한 메이저리그 월드 시리즈조차 한 번에 14만 명의 관중을 경기장으로 끌어들이는 것은 불가능했다.

하지만 권투는 그것이 가능했다. 권투 무대의 크기를 생각하면 14만 명이 대형 경기장 안에 빽빽이 들어차 경기를 보는 것이 얼마나 미친 짓인지 누구나 이해할 것이다. 그 시대에 '챔피언'이 된 사람은, 특히나 '헤비급 챔피언' 타이틀을 가진 사람은 오늘날의 야구·농구 스타보다 훨씬 인기가 많았다. 그 시절 미국에는 작은 시골 읍내에도 권투 클럽이 있었다. 서로 다른 이민 집단, 다시 말해 이탈리아계·아일랜드계·독일계·스페인계 나아가 북유럽계까지 각자 자신들만의 권투 스타가 있었다. 또한 주요 신문마다 권투 전문 기자를 두었으며 대기자 헤이우드 브라운*은 "수해·파업은 전적으로 이류 기자의 일이고 글솜씨가 가장 좋은 기자는 권투 기사를 쓴다."라는 명언을 남겼다.

1926년과 1927년, 이 두 해만 해도 14만 명 이상의 관중이 입장한 헤비급 타이틀 쟁탈전이 각기 한 번씩 열렸다.

---

* Heywood Broun(1888~1939). 미국의 기자이다.

14만이라는 숫자만으로는 당시 장내의 뜨거운 열기를 다시 생생하게 묘사하기에 부족하다. 1926년 시합은 현장에 상원의원 아홉 명, 미국 최대 철도회사 여섯 곳의 사장, 찰리 채플린 같은 영화 스타, 타이 콥 같은 야구 스타, 조셉 퓰리처 같은 언론사 사주, 크라이슬러 같은 기업가들, 메이오 클리닉의 전설적인 설립자 찰스 메이오 그리고 록펠러·밴더빌트 같은 미국 거부 가문 출신의 사람들이 헤아릴 수 없이 많이 몰려들었다.

그 타이틀전을 주최한 텍스 리처드는 경기 전 흥분해서 과장된 어조로 기자에게 말했다.

"만약 땅이 뒤집히거나 하늘이 무너져서 앞 좌석 열 줄이 파묻히면 모든 게 끝장입니다. 거기에는 전 세계의 거부, 전 세계의 거물, 전 세계의 두뇌와 산업계 천재들이 다 있으니까 말이죠!"

그런 사람들이 진 터니가 챔피언 잭 뎀프시에게 도전하는 것을 보러 몰려들었다.** 뎀프시는 이미 3년 연속 챔피언이었으며 그 3년간 제대로 된 적수를 거의 만나지 못했다. 실력과 용기를 겸비한 데다 관중의 흥미까지 끌 수 있는 적수는 대단히 적었기 때문에 뎀프시는 무료해서 어쩔 줄을 몰랐다. 그래서 할리우드로 넘어가 카메오로 영화 출연

** Gen Tunney(1897~1978). 미국의 권투 선수로 1926~ 1928년 사이에 세계 헤비급 챔피언이었고 그 사이 두 번이나 뎀프시를 이겼다. 그리고 잭 뎀프시(Jack Dempsey, 1895~1983)도 미국의 권투 선수로 1919~1926년 사이에 세계 헤비급 챔피언이었다.

을 하기도 하고 스타 배우 에스텔 테일러Estelle Taylor와 결혼을 하기도 했다. 천만 명에 달하는 미국 전역의 권투광들이어서 신인이 나타나 뎀프시와 끝내주는 한판을 벌이기를 애타게 기다렸다.

얼마 후 터니가 유망주로 등장했다. 3년간 터니는 19번의 헤비급 경기를 치러 14승 5무를 기록했으며 그중 7승은 상대를 녹다운시켜 얻은 것이었다. 1926년, 신인 터니는 마침내 링 위에 올라 뎀프시에게 도전했다.

그 대결에서는 계속 경기를 치러 온 터니가 오래 쉰 뎀프시보다 체력적으로 더 나았고, 게다가 영리하게도 뎀프시와는 전혀 다른 전술을 택했다. 계속 링 위를 돌아다녀 뎀프시에게 정면으로 주먹을 휘두를 기회를 안 줬으며, 로프를 따라 날렵하게 백 스텝을 밟다가 흥분해서 쫓아오는 뎀프시에게 기습 타격을 가했다. 터니는 그런 식으로 천천히 점수를 쌓아 나갔다. 7·8라운드 이후, 뎀프시는 자신의 점수가 모자라 케이오가 아니면 이길 수 없다는 것을 깨닫고서 더 초조해져 계속 맹렬히 주먹을 뻗었다. 하지만 그만큼 수비가 허술해져 터니에게 더 많은 잽과 기습을 허용할 뿐이었다.

수비는 안 하고 공격만 했는데도 뎀프시는 끝내 터니

를 쓰러뜨리지 못했다. 시합이 끝나고 터니는 판정승으로 챔피언 자리에 올랐다. 이때 실망한 뎀프시는 아내 에스텔 테일러를 껴안고 "여보, 내가 피하는 걸 깜박했어."라고 말했다. 50여 년 후, 할리우드 배우 출신의 미국 대통령 로널드 레이건은 거리에서 저격수에게 총상을 입었다. 그는 급히 병원으로 달려온 부인 낸시에게 뎀프시의 그 말을 흉내내 역시 "여보, 내가 피하는 걸 깜박했어."라고 말했다.

셰익스피어를 읽는 챔피언

판정승으로 챔피언이 된 경우는 오랫동안 없었다. 비록 터니의 점수가 뎀프시보다 높다는 것을 부정한 사람은 없었지만 그래도 판정승은 14만 관중이 보고 싶어 한 결과는 아니었다. 그들은 누군가 링 위에 쓰러진 뒤, 남은 사람이 우뚝 서서 두 팔을 높이 들고 챔피언의 칭호를 차지하길 바랐다.

다시 말해 터니는 관중을 설득하지 못했다. 그는 천만 명이 숭배하는 헤비급 챔피언이 될 만한 자격은 있었지만 뎀프시를 쓰러뜨리지는 못했던 것이다. 그 두 선수는 결국 다시 맞붙을 수밖에 없었다. 그래서 이듬해인 1927년, 그들은 시카고에서 다시 만났고 이번에도 기록적인 14만

명의 관중을 본래 미식축구가 열리던 경기장으로 끌어들였다.

지난번의 경험을 통해 뎀프시도 그리고 경기장을 꽉 채운 관중도 뎀프시가 15라운드 안에 터니를 쓰러뜨릴 수 있는지 없는지가 승부의 관건이라는 것을 알고 있었다. 터니의 날렵한 위빙 기술과 틈틈이 기회를 엿보다 주먹을 날리는 인내심 그리고 정확성은 뎀프시를 다운시키기에는 부족했지만 한 라운드, 한 라운드 넘어가며 차곡차곡 점수를 쌓는 데는 문제가 없었다. 반면에 터니를 쓰러뜨리지 못하면 뎀프시는 이길 수 있는 기회가 없었다.

이른바 '티케이오'로 이긴다는 것은 상대를 링 위에 쓰러뜨린 후, 심판이 열을 셀 때까지 그가 똑바로 일어서지 못하는 것을 뜻한다. 그리고 그해 헤비급 경기에는 한 가지 새로운 규정이 생겼다. 일단 상대가 쓰러지고 나면 쓰러뜨린 선수는 즉시 로프로 물러나야 했고 그가 로프에 두 손을 대고 나서야 심판은 열을 세기 시작했다.

그것은 일명 '쓰레기 스텝'을 방지하려는 규정이었다. 일부 선수들은 심판이 열을 셀 때 옆에 바짝 붙어 기다리다가, 열을 다 세기 전에 상대가 일어나면 심판이 시합 재개를 선언하는 찰나 득달같이 달려들어 아직 머리가 어찔어찔한 상대를 다시 때려눕히곤 했다.

그러면 누가 가장 '쓰레기 스텝'으로 유명한 선수였을까? 그렇다. 다름 아닌 뎀프시였다. 경기가 시작된 후 처음 6라운드 중 5라운드에서 터니는 비교적 높은 점수를 땄다. 그리고 7라운드에서 뒤지고 있던 뎀프시가 절호의 기회를 잡아 펀치를 적중시켰고 터니는 다운을 당했다. 이는 터니가 정식 경기에서 처음으로 당한 다운이었다.

그런데 이때 뎀프시는 결정적인 실수를 저지른다. 습관 때문이었는지, 아니면 잠깐 착각을 한 것인지 그는 새 규정을 지키지 않았다. 심판이 몇 초 동안 그를 로프 쪽으로 물러나게 해야 했다. 그래서 터니는 소중한 몇 초를 더 벌었으며 가까스로 몸을 일으켜 경기를 재개할 준비를 할 수 있었다.

터니는 심판이 열을 다 셌을 때 선 채로 완전히 정신을 차렸다. 이 순간, 승부는 이미 결정되었다. 뎀프시는 더 이상 터니에게 정타를 날릴 기회를 잡지 못했고 터니는 또 다시 넉넉한 점수 차로 뎀프시에게 판정승을 거뒀다.

그 후로 오랜 세월 동안 권투 팬들은 각자의 의견을 고집하며 열띤 토론을 벌였다. 터니는 도대체 몇 초 만에 일어섰을까? 13초? 14초? 아니, 15초나 16초? 아니면 17초나

18초? 만약 뎀프시가 제때 뒤로 물러났다면 티케이오로 챔피언 타이틀을 되찾았을까, 아니면 그랬어도 터니가 제 시간 내에 일어나 다시 싸웠을까?

터니 자신도 정확한 답은 몰랐을 것이다. 우리는 그가 공개적으로 밝힌 견해를 듣지 못했다. 하지만 그는 소수의 친한 친구에게는, 예를 들어 헤밍웨이에게는 언급한 적이 있지 않을까?

뎀프시와 두 차례 대결한 것만으로 터니는 백만 달러에 가까운 거금을 벌어들였다. 이는 오늘날의 2천만 달러에 상당하는 금액이다. 그리고 터니는 권투계의 괴짜였다. 문학을 좋아하고 다양한 책을 읽어서 챔피언 타이틀을 따고 예일대학을 방문했을 때 교수와 학생들 앞에서 셰익스피어에 대한 강연을 하기도 했다. 1928년 터니는 선수 생활을 그만두고 결혼했으며 이탈리아로 신혼여행을 간 김에 아예 1년간 유럽에 머물렀다. 당시 그는 상당 기간 동안 파리에서 생활했고 관광 온 몇몇 미국인을 만나 문학과 예술과 권투에 관한 이야기를 나누었다. 그중 터니와 가장 가깝고 말이 잘 통했던 사람이 바로 뛰어난 문학적 재능을 가진 동시에 열렬한 권투 팬이었던 헤밍웨이다.

줄기차게 펀치를 날리다

헤밍웨이는 여러 프로 권투 선수들과 알고 지냈다. 터니 외에 그가 알고 좋아한 선수로 잭 브리튼과 베니 레너드*가 있다. 잭 브리튼은 권투 스타일이 터니와 다소 비슷했지만 터니보다 더 영리하고 민첩했다. 무하마드 알리가 유명해지기 전에 가장 그와 흡사했던 선수였다. 데뷔 당시 알리의 이름은 캐시어스 클레이였고 링 위에서 쉴 새 없이 움직이는 것으로 유명했다. 동에 번쩍, 서에 번쩍하며 상대방이 종잡을 수 없게 만들었다. 클레이, 즉 훗날의 알리는 펀치력이 특별히 강하지는 않았다. 그가 승리한 기본적인 방법은 이리저리 뛰어다녀 상대가 정확하게 가격하지 못하게 하면서 기회를 틈타 접근해 빠른 한 방을 날리는 것이었다. 잭 브리튼의 권투 스타일은 훗날의 알리와 흡사했다.

베니 레너드는 어땠을까? 그는 최전성기에 역사상 최초로 권투를 야만적인 운동에서 예술로 바꾼 선수로 불렸다. 베니 레너드의 특징은 극도로 정확한 펀치였다. 어떤 각도로 주먹을 뻗어도 상대를 맞췄고 헛손질을 하는 법이 없었다. 베니 레너드는 천하무적이었다. 아, 아니다. 잭 브

---

* Jack Britton(1885~1962). 미국의 권투 선수로 3차례나 웰터급 세계 챔피언을 차지했으며 헤밍웨이의 단편소설 「5만 달러」(Fifty Grand)는 1922년 11월 그와 미키 워커가 뉴욕 매디슨스퀘어가든에서 벌인 대결을 기초로 썼다. 그리고 역시 미국의 권투 선수인 베니 레너드(Benny Leonard, 1896~1947)는 속도와 기술로 유명했으며 1922년 6월, 잭 브리튼에게 도전한 웰터급 챔피언 타이틀전에서 패했다.

리튼을 빼고는 적수가 없었다고 해야 맞다.

헤밍웨이는 잭 브리튼에게 어떻게 베니 레너드를 상대했느냐고 물어 본 적이 있었다. 그는 바로 멋진 답을 얻었다. 잭 브리튼은 말하길, 베니 레너드는 정말로 훌륭한 권투 선수였으며 그의 가장 대단한 점은 매우 순수하다는 것이었다고 했다. 그 순수함은 곧 기하학적인 순수함을 뜻했다. 그의 스트레이트는 정말로 기하학적인 선처럼 곧았으며 그의 훅도 기하학적인 원처럼 둥글었다. 그리고 아무렇게나 주먹을 휘두르는 것을 못 참는 점도 순수했으며 그래서 그는 늘 생각하기를 멈출 수가 없었다.

"그가 생각을 할 때마다 나는 주먹을 휘둘러 그를 때렸죠. 아주 간단하기 그지없는 원리예요."

이것이 바로 잭 브리튼의 대답이었다.

간단한 원리이자 간단한 답이었으며 헤밍웨이는 그 답이 너무나 마음에 들었다. 그래서 언젠가 그 말을 자기 소설 속에 집어넣었는데 한 친구가 그 소설을 읽고는 권투에 관한 단락을 콕 집어 삭제하라고 조언했다. 헤밍웨이는 그 조언을 받아들였다. 그 친구가 자신이 존경하던 소설가, 『위대한 개츠비』의 작가 스콧 피츠제럴드였기 때문이다. 피츠제럴드는 당연히 소설을 잘 알았으므로 헤밍웨이는 의

심할 수 없었다. 문제의 부분을 삭제한 소설이 발표된 후, 헤밍웨이는 또 피츠제럴드를 만났고 함께 이야기를 나누다가 그에게 물었다.

"왜 그 권투에 관한 부분을 삭제해야 한다고 생각한 거야? 나는 그 부분이 재미있고 더구나 괜찮은 은유인 것 같았는데 말이야."

피츠제럴드의 대답은 이랬다.

"나는 남들이 다 아는 일을 소설 속에 넣는 건 반대야."

헤밍웨이는 눈이 휘둥그레졌다. 피츠제럴드는 권투에 대해서는 완전히 까막눈이었다. 그래서 헤밍웨이가 인용한 잭 브리튼의 그 말을, 권투를 보는 사람이라면 다 알 것이라고 넘겨짚었던 것이다. 헤밍웨이는 그야말로 피를 토하고 싶은 심정이었다.

"맙소사, 그건 잭 브리튼이 자기 입으로 내게 해 준 말이야. 나밖에 모르는 일이라고!"

잭 브리튼의 그 말은 피츠제럴드 때문에 소설에서 빠지기는 했지만 줄곧 헤밍웨이의 마음속에 남아 있었다. 그는 다른 작가들과 구별되는 자신의 가장 큰 특징이 바로 언제나 끊임없이 펀치를 날리는 것이라고 믿었다. 그는 문단의 잭 브리튼으로서 잠시도 멈추지 않고 줄기차게 펀치를 날리고 또 날렸다. 그럼으로써 완벽한 펀치를 추구하는, 어떻게 완벽한 펀치를 날릴지 끊임없이 궁리하는 문단의 베니 레너드들을 묵사발 냈다.

헤밍웨이의 적수

헤밍웨이는 누구를 미국 문단의 베니 레너드로 생각했을까? 가장 가능성이 큰 후보는 그와 같은 세대인 포크너이다. 헤밍웨이는 1899년생으로 포크너가 그보다 두 살 더 많았다. 1949년 포크너는 노벨문학상을 받았고 1954년에 헤밍웨이도 노벨문학상을 받았다. 두 사람은 다 매우 미국적인 작가였고 모더니즘의 대표 주자였으며 전 세계 모더니즘 문학 사조에 엄청난 영향을 끼쳤다.

그런데 이 두 사람 사이에는 근본적이며 좁히기 어려운 차이가 있었다. 그 차이는 두 사람의 수많은 말과 세상에 대한 견해에서 명백히 드러났다. 하지만 그들은 서로에 대해서는 어떠한 평도 남기지 않았다. 포크너는 할리우드 영화 제작소에서 극작 일을 하고 있을 때 헤밍웨이의 소설을 각색한 적이 있다. 그런데도 희한하게 그의 소설에 대해 명확한 의견을 남기지 않았다. 헤밍웨이는 어땠을까? 포크너를 어떻게 생각하느냐는 질문을 받았을 때 그는 이렇게 답했다.

"정말 뭐라고 말해야 할지 모르겠네요. 내가 그의 작품을 다 읽거나 적어도 내가 왜 못 읽는지 정확히 알아야만 얘기할 수 있겠어요."

이 말은 그가 심지어 포크너의 작품을 읽은 적도, 이해하려 한 적도 없음을 의미한다. 그는 이어서 또 이런 말을 했다.

"하지만 나는 포크너처럼 소설을 써 보고 싶기도 해요. 정말 수월할 것 같거든요. 농장이 있고, 창고에 틀어박혀 옆에 독한 술을 여러 병 쌓아 놓고서 매일 문법도 신경 안 쓰고 5천 자씩 써 내려갈 수 있으면 정말 수월할 것 같아요."

헤밍웨이와 포크너는 스타일과 개성뿐만 아니라 소설을 대하는 태도도 달랐다. 헤밍웨이는 인디언에게 친근감을 느꼈지만 흑인에게는 별로 관심이 없었다. 그는 시카고에서 태어난 북부인이었기 때문이다. 그러나 남부에서 자란 포크너에게 삶의 가장 중요한 참고 좌표는 흑인과 백인 간의 관계 그리고 오래도록 남아 있는 남북전쟁의 기억이었다. 전쟁은 헤밍웨이에게도 중요했지만 결코 기억의 형식으로 존재하지 않았다. 위험이 가득하고 생명을 위협하는 자극적인 현실이었고 또 그럴 수밖에 없었다.

헤밍웨이가 꼽은 작가 순위에서 톨스토이는 사실 셰익스피어보다 더 중요한 인물이다. 헤밍웨이는 정말로 그를 뒤쫓고 넘어서기를 바랐으며 링 위에서 그와 한판 승부를 벌이기를 꿈꿨다. 그토록 그를 존경하는 이유에 관해 헤밍웨이는 이렇게 설명했다.

"그 녀석이 어떻게 『전쟁과 평화』를 썼는지 아세요? 그는 제멋대로 쓰지 않았어요. 실제로 포병들을 이끌고 생사의 전장에 가서 모든 걸 다 이겨 내고 쓴 거라고요!"

헤밍웨이에게는 "포병들을 이끌고 생사의 전장에 가서 모든 걸 다 이겨 낸 것"이 문학적 성취보다 더 중요했다. 좀 더 정확히 말하면 그것 때문에 자신이 톨스토이의 문학적 성취를 넘어서기 어려웠다.

헤밍웨이는 전쟁을 사랑했고 심지어 전쟁 경험을 선망했다. 포크너도 군대에 들어가 싸우려 한 적이 있었지만 거절당해 돌려보내졌는데, 훗날 자기가 전쟁에 나가 본 것처럼 거짓말을 하곤 했다. 그런데 이 두 사람에게 전쟁의 의미는 사뭇 달랐다. 나이가 좀 들었을 때 헤밍웨이는 왜 많은 독자들이 자기 작품을, 특히 초기 작품을 좋아한다고 인정하기를 꺼리는지 깨달았다. 거기에는 "전쟁을 사랑하고 전쟁을 만끽하는" 태도가 드러나 있기 때문이었다. 전쟁은 그가 정말로 해 보고 싶었던 경험이었으며 그는 그것을 체험하고 기록하려 했다. 체험하고 기록할 수 없을 때에야 비로소 소설의 허구성을 동원해 보완했다. 그것은 마치 가장 뛰어난 타자가 가장 뛰어난 투수를 상대하려는 것과 같았다. 정말로 자격이 충분한 사람, 자신을 격파할 이유와 힘을 가진 사람을 만나 용감하게 맞서려는 것과 같았다. 헤밍웨이는 전쟁 속에서 그런 도전과 그것에 수반되는 두근거림 그리고 그런 두근거림이 주는 자기만족과 영예감을 만끽했다. 그래서 헤밍웨이가 쓴 것은 대부분 현재의 전쟁이었다. 그는 제1차 세계대전과 스페인 내전에 관해 썼고 전쟁에 나간 사람의 경험을 썼다.

포크너는 그렇지 않았다. 그는 직접 전장에 나서 본 경험이 없었다. 하지만 애초에 그가 입대해서 참전하고 전장에서 돌아왔다고 하더라도 헤밍웨이식의 전쟁 소설을 쓸 일은 없었을 것이다. 그가 쓰려 했고 쓸 수 있었던 것은 전쟁 그 자체가 아니라 전쟁 상황에서의 경험과 전쟁이 남긴 기억 그리고 전쟁이 빚어낸 비극이었다.

헤밍웨이는 현재의 전쟁에 관해 썼지만 포크너는 이미 지나간 전쟁에 관해 썼다. 두 사람의 어조는 전혀 달랐고 두 사람의 관심의 초점도 필연적으로 전혀 다를 수밖에 없었다. 헤밍웨이는 전쟁 속에서 인간의 광채를 보았다. 그것은 기묘한 희열과 영광과 영웅주의와 영웅 콤플렉스였다. 한편 포크너는 전쟁을 겪은 인간 그리고 전후에 그들이 선택의 여지 없이 감당해야 했던 전쟁의 상처를 집중적으로 그렸다. 물론 전쟁을 못 겪어 본, 더 불운한 인간을 묘사하기도 했다.

포크너가 관심을 두었던 것은 그가 살던 시대의 전쟁이 아니었다. 그는 제1차 세계대전도 제2차 세계대전도 본격적으로 다룬 적이 없다. 그가 능숙하게 묘사한 전쟁은 그가 태어나기 30년 전에 일어난 1861년의 미국 남북전쟁이었다. 그것이야말로 포크너의 전쟁이었다. 그 전쟁이 그가 참고 살아가야 했던 미국 남부의 환경을 만들었다. 헤밍웨이가 쓴 것은 자기가 직접 겪은 제1차 세계대전과 스페인 내전이었다. 그는 나중에 제2차 세계대전에 대해서도 글쓰기를 시도했지만 제1차 세계대전과 스페인 내전만큼 성공적이지는 못했다.

한 사람은 전쟁의 기억이 남긴 고통을 다뤘고 한 사람은 전쟁이 주는 자극을 다뤘으니 분위기가 판이하지 않을 수 없다. 우리는 심지어 이렇게 확대해서 말할 수도 있다. 포크너의 소설에는 기억과 귀신과 죽어서도 떠나려 하지 않는 사람이 가득하다고 말이다. 포크너의 소설에서는 현재 일어난 일도 마치 기억이나 과거의 일이 남긴 그림자 또는 유령처럼 변하여 영원히 현재의 일처럼 느껴지지 않으며, 또 영원히 과거와 현재의 시공간이 교차한다. 헤밍웨이는 이와 정반대이다. 그가 묘사한 과거는 시간이 흘렀다고 해서 퇴색하지 않는다. 언제나 방금 눈앞에서 일어난 일처럼 생생하기 그지없다. 한 사람은 유령으로 기억 속에서 살 수밖에 없는 작가였고 한 사람은 절대로 기억이 되려고도 늙으려고도 하지 않는, 물론 죽어서 유령이 될 마음은 더욱 없는 작가였다. 이 두 사람은 모두 미국의 위대한 소설가였다.

불가사의할 만큼 간단한 언어

헤밍웨이는 모든 기억을 지금 눈앞의 것으로 바꿀 수 있었다. 자신의 특수한 문학 기법, 특히 특수한 언어를 구사해 그렇게 할 수 있었다. 당시 독자는 그런 글을 보고 불가사의하게 느꼈다. 지금 우리가 봐도 똑같이 느낄 것이다.

그의 명저 『무기여 잘 있거라』의 첫 문단은 다음과 같다.

그해 늦여름, 우리는 강과 들판을 사이에 두고 산 쪽을 바라보고 있는 어느 마을 민가에 머물렀다. 강바닥에는 햇

빛에 하얗게 마른 자갈과 바위가 있었고 물길을 따라 맑고 푸른 강물이 빠르게 흐르고 있었다. 부대가 집 앞을 지나 길 쪽으로 내려갔으며 그들이 일으킨 흙먼지에 나뭇잎이 뽀얗게 뒤덮이고 나무줄기도 지저분해졌다. 그해에는 나뭇잎이 일찍 졌으며 군대가 길을 지나갈 때 먼지가 피어오르고 그 미풍에 흔들려 나뭇잎이 떨어졌다. 그들이 지나간 길은 휑하여 나뭇잎만 굴러다녔다.

위 문단의 영어 원문을 보자.

In the late summer of that year we lived in a house in a village that looked across the river and the plain to the mountains. In the bed of river there were pebbles and boulders, dry and white in the sun, and the water was clear and swiftly moving and blue in the channels. Troops went by house and down the road and the dust they raised powdered the leaves of the trees. The trunks of the trees too were dusty and the leaves fell early that year and we saw the troops marching along the road and the dust rising and leaves, stirred by the

breeze, falling and the soldiers marching and after-
wards the road bare and white except for the leaves.

고등학생이 읽어도 모르는 단어가 몇 개 없을 것이다. 헤밍웨이는 이렇게나 단순한 단어를 사용한다. 더욱이 철자가 5개 이상인 단어도 몇 개 없으며 문법도 당황스러울 만큼 간단하다. 이 원문을 소리 내서 읽으면 그가 중간에 얼마나 많이 'the'와 'and'와 'that'을 사용하는지 느낄 것이다. 이 밖에 그는 'then'도 즐겨 사용한다. 그의 문장은 이런 간단한 단어들이 이어져 있어 마치 복잡한 통사 구조를 배운 적이 없는 아이가 이야기하는 것처럼 들린다. 단순한 단어와 단순한 문법에는 필연적으로 똑같은 단어와 똑같은 통사 구조가 끊임없이 반복된다.

번역문을 읽으면 당연히 이런 느낌이 없다. 너무 많은 어휘량을 갖추고서 점잖고 다채로운 단어를 구사하는 것 같다. 번역문만 읽으면 헤밍웨이의 작품이 영어 독자에게 주는 충격을 놓칠 수밖에 없다. 영어로 읽으면 곧장 "어떻게 이렇게 단순하게 쓸 수 있지?"라는 의문이 생겨나고 이어서 두 번째 충격이 다가온다. 바로 헤밍웨이의 글이 단순하면서도 절대 평범하지 않다는 느낌이다. 표면적으로 단순해 보이는 글을 통해 과거에 접하지 못한 정보가 분명하게 전달된다.

　루쉰은 「가을밤」秋夜이라는 글의 서두에서 "우리 집 뒷마당에는 담장 밖으로 나무 두 그루가 보인다. 한 그루는 대추나무이며 다른 한 그루도 대추나무이다."라고 썼다. 왜 이렇게 쓴 걸까? 더 간결하고 효과적으로 "우리 집 뒷마당에는 대추나무 두 그루가 있다."라고 쓸 수는 없을까? 하나 더하기 하나는 둘이 아닌가? 하지만 이 글을 읽으면 우리는 루쉰의 '하나 더하기 하나'식의 글쓰기가 직접적으로 '대추나무 두 그루'라고 말하는 글쓰기와 같지 않다는 것을 알게 된다. 문학의 영역에서는, 미안하지만 하나 더하기 하나는 둘이 아니다. '둘'이라는 수량은 별도의 사건이고 '하나 더하기 하나'는 덧셈의 절차 또는 덧셈의 개념을 가리키므로 '하나 더하기 하나'는 결코 '둘'이라는 숫자로 대체될 수 없다.

　헤밍웨이의 글이 바로 그렇다. 매우 단순해서 겉으로는 우리가 모르는 것이 전혀 없는 듯하다. 그런데 그는 글에 독특한 리듬을 부여하여, 우리가 잘 알고 있는 것을 그런 리듬으로 이뤄진 분위기 속에 집어넣음으로써 다른 방식으로는 표현할 수 없는 느낌과 감정을 자아낸다. 따라서 그 간단한 단어 그리고 그렇게 계속 반복되는 'and'와 'the'를 얕봐서는 안 된다.

헤밍웨이의 작품을 번역할 때 가장 어려운 점은 바로 계속 반복되는 그 'and'와 'the'를 어떻게 번역하느냐이다. 대다수 역자는 감히 단순한 직역을 택하지 못할 것이고 혹시 택하더라도 그런 번역은 도태되어 아예 출판되지 못할 것이다. '세계문학 명저'가 어린이용 도서처럼 그렇게 글이 단순하다는 것을 믿고 받아들일 독자가 없기 때문이다. 혹시 역자가 그 끝없이 반복되는 'and'와 'the'를 번역할 의향이 있다고 하더라도 아마 그러지 못할 것이다. 그런 단어들은 그 자체의 순수하고 독특한 리듬이 있어서 '이', '그', '와', '그리고' 등으로 번역하면 의미도 같지 않을뿐더러 무엇보다 리듬감이 사라지고 만다. 우리는 한쪽에 번역문을 펼친 채 헤밍웨이의 원문을 한 문장 한 문장 소리 내어 읽을 수밖에 없다. 'and'와 'the'가 이토록 중요한 작가는 거의 없는데, 만약 'and'와 'the'를 소홀히 한다면 결코 헤밍웨이 소설의 참맛을 읽어낼 수 없다.

50대에 접어든 헤밍웨이는 자신의 비밀을 화끈하게 다 밝히고자 했다. 그는 인색한 사람이 아니었지만 어떻게 자신만의 글 스타일을 만들어 내는지는 남에게 공개한 적이 거의 없었다. 1950년, 그러니까 앞에 인용한 글을 쓴 지 이미 20년이 지난 뒤에 그는 인터뷰에서 다음과 같이 말했다.

"사람마다 『무기여 잘 있거라』의 첫 문단이 어떠해서 특별하고 또 어떠해서 이상하다고들 하는데, 드디어 그 비밀을 알려드리죠. 이건 다 바흐에게서 배운 겁니다."

바흐? 그렇다. 우리가 알고 있는 바로크 음악의 대가이자 때로는 '서양 음악의 아버지'라고까지 불리는 그 바흐*이다. 헤밍웨이는 설명하길, 자기가 쓴 'the'와 'and'는 그 하나하나가 전부 바흐가 대위법으로 악보를 쓸 때 마주해야 했던 각 음표와 같다고 했다. 그것의 화성적 효과를 따지고 또 리듬을 설계했다는 것이다. 그의 소설에는 정밀하게 설계한 음악성이 내재되어 있어서 반복해야 할 곳에서는 반복하고, 빨라야 할 곳에서는 빠르고, 느려야 할 곳에서는 느리다.

'In the late summer of that year'를 '그해 늦여름'이라고 번역한 것은 틀렸을까? 틀리지 않았다. 하지만 정확하지 않고 정확할 수도 없다. '그해 늦여름'으로 시작되는 서두를 보면 우리는 영락없이 회상의 어조를 느끼게 된다. 그런데 헤밍웨이가 'In the late summer of that year'로 시

---

* Johann Sebastian Bach(1685~1750). 바로크 시대의 독일 음악가로 '서양 음악의 아버지'라고 불린다.

작한 서두는 시제상 과거이기는 해도 문단 전체에서 회상의 어조가 안 느껴진다.

왜 우리는 그것을 회상으로 못 느끼는 걸까? 왜냐하면 회상은 정리를 거친 것이기 때문이다. 이미 무엇이 일어났는지 다 아는 상태에서 나중의 결과를 놓고 이전의 혼란한 경험과 현상을 돌이켜 정리하며 둘 건 두고, 뺄 건 뺀 후 질서와 논리를 부여한 것이다. 회상은 보통 이렇게 만들어진다. 위의 번역문은 이런 질서와 논리를 통해 정리된 결과이다. 그러나 헤밍웨이의 원문은 번역문보다 훨씬 더 혼란스럽고 복잡하다.

Troops went by house and down the road and the dust they raised powdered the leaves of the trees.

소리와 영상 때문에 부대가 지나가는 광경에 시선이 쏠린다. 길에는 그들이 지나가며 일으킨 먼지가 가득하고 이어서 나뭇잎이, 그 먼지가 내려앉은 나뭇잎이 눈에 들어온다. 그다음 문장은 이렇다.

The trunks of the trees too were dusty…….

시선이 다시 나뭇잎에서 나무줄기로 옮겨지고 나무줄기도 먼지투성이라는 것이 밝혀진다. 이것은 루쉰의 "한 그루는 대추나무이며 다른 한 그루도 대추나무이다."와 흡사하다.

이 문장은 끝나지 않았다. 전체 문장은 이렇다.

The trunks of the trees too were dusty and the leaves fell early that year and we saw the troops marching along the road and the dust rising and leaves, stirred by the breeze, falling and the soldiers marching and afterwards the road bare and white except for the leaves.

문장이 대단히 길 뿐만 아니라 왜 이렇게 긴지도 납득이 안 간다. 부대가 지나가고 먼지가 피어오른 것을 반복해 이야기하고 나뭇잎이 떨어진 것을 두 차례 언급하고 나서는 또다시 병사들이 지나갔다고 말한다. 대체 왜 이러는 것일까?

이것은 아직 정리를 거치지 않은, 직관적이고 뒤섞인 기록인 듯하다. 미처 의식 속에서 순서대로 배열되고 적절히 요약되지 못한 채 그냥 본 대로, 생각한 대로 쏟아져 나온다. 헤밍웨이의 문법은 뒤죽박죽이다. 하지만 그것은 빠르게 스케치하는 듯한, 마치 서둘러 쓰지 않으면 잊어버릴까 두려워하는 듯한 문법이다.

헤밍웨이는 애써 문법의 질서를 깼고 이는 질서 있는 문법을 깼다고도 말할 수 있다. 연이어 나타나는 것은 문법적 질서 이전의 것들이다. 미처 문법의 질서를 정리해 내지 못했으니 질서 있는 문법이 존재할 리 없다. 그런데 헤밍웨이는 문법의 질서를 파괴하면서도 몰래 또 다른 질서로 환치하기 때문에 우리가 혼란을 느껴 읽기를 멈추는 일은 없다. 문법의 질서는 헤밍웨이의 글 속에서 음악성과 소리의 질서로 환치된다. 그래서 그의 글에는 혼란이 가져오는 현장감이 있고 또 잠재적 리듬의 질서가 주는 유창함과 안정감도 있다.

혼란 상태의 현장감

『무기여 잘 있거라』에서는 서두 부분을 지나 얼마 안 돼 주인공이자 화자인 '나'가 전선을 떠나 휴가를 가기 전의 장면이 나온다. 그는 휴가 때 군종 신부의 고향에 가려 했지만 결국 가지 못한다. 그가 전선에 복귀한 후, 신부는 이 일 때문에 무척 불쾌해한다. 화자는 자기가 왜 약속을 어기고 그 곳에 가지 않았는지 신부에게 설명해야만 했다. 그의 설명 은 다음과 같았다.

나는 아브루치(신부의 고향)에 가고 싶었다. 길이 얼어 쇠처럼 단단한 곳에 가지 않았고 날이 맑고 추우면서도 건조한 곳, 눈이 밀가루처럼 푸스스 흩날리는 곳, 눈밭에 토끼 발자국이 찍혀 있는 곳, 농부들이 모자를 벗고 깍듯 이 인사하는 곳, 사냥하기에 딱 좋은 곳에도 가지 않았다. 나는 담배 연기 자욱한 카페만 찾아갔고 밤마다 취기에 방이 빙빙 돌아서 멈출 때까지 벽을 쳐다보고 있어야 했 다. 밤에 취한 채 침대에 누워 있으면 그게 존재하는 모든 것이었고 어둠 속 세상 모든 것이 비현실적이었으며 너무 흥분돼서 밤마다 무작정 되풀이하지 않을 수 없었다. 그 것이 모든 것이고 또 모든 것이고 또 모든 것이라 확신하 여 아무것도 신경 쓰지 않았다. 그러다가 갑자기 정신이 들고 때로 새벽에 여자와 자고 깨어나면 모든 게 다 지나 가 버렸으며 또 모든 게 다 날카롭고 냉혹하며 선명했다. 여자와 때로는 화대 때문에 말다툼을 했고 때로는 즐겁고 다정하고 훈훈하게 아침 식사와 점심 식사까지 함께했다.

때로는 좋은 기분이 싹 가서 밖으로 뛰쳐나가 걸었다. 그러면 언제나 또 다른 하루가 시작되었고 또 다른 밤이 다가왔다. 나는 그때의 밤과, 밤과 낮의 차이에 관해 설명하려 했고 낮이 아주 맑고 춥지만 않으면 밤이 어떻게 더 좋았는지도 설명하려 했다. 하지만 설명할 수 없었다. 마치 지금도 설명할 수 없는 것처럼.

마찬가지로 이 번역문도 헤밍웨이의 문체를 효과적으로 전달하지 못한다. 첫 번째 큰 문제는 문장부호이고 두 번째 큰 문제는 어조이다. 우리는 번역문을 읽고 금세 이해하지만 동시에 그렇기 때문에 화자와 신부, 두 사람 사이의 대화를 오해하게 된다. 확실히 번역문에서 화자는 신부에게 자기가 본래 휴가 때 그의 고향에 가려 했지만 다른 곳에서 계속 술에 취해 여자와 자고 정신없이 노느라 가지 못했다고 말하고 있다. 이게 전부이다. 이런 말을 듣고 신부가 이해해 주었을 리가 없다.

헤밍웨이의 원문은 그렇지 않다. 헤밍웨이가 쓴 것을 보면 느낌이 전혀 다르다.

(……) I had wanted to go to Abruzzi. I had gone to no

place where the roads were frozen and hard as iron, where it was clear cold and dry and the snow was dry and powdery and hare-tracks in the snow and the peasants took off their hats and called you Lord and there was good hunting. I had gone to no such place but to the smoke of cafés and nights when the room whirled and you needed to look at the wall to make it stop, nights in bed, drunk, when you knew that that was all there was, and the world all unreal in the dark and so exiting that you must resume again unknowing and not caring in the night, sure that this was all and all and all and not caring. Suddenly to care very much and to sleep to wake with it sometimes morning and all that had been there gone and everything sharp and hard and clear and sometimes a dispute about the cost. Sometimes still pleasant and fond and warm and breakfast and lunch. Sometimes all niceness gone and glad to get out on the street but always another day starting and then another night. I tried to tell about the night and the difference between the night and the day and how the night was better unless the day was very clean and cold and I could not tell it; as I cannot tell it now (……)

이 단락은 어떤 고등학생도 술술 소리 내어 읽을 수 있을 것이다. 하지만 이해하려고 하면 대학 영문과 교수조차 틀림없이 머리가 어지러울 것이다. 이 간단한 단어들의 조합이 대체 무엇을 묘사하고 또 무엇을 의미하는지 분간하기 어렵기 때문이다. 이것이 곧 헤밍웨이가 의도한 효과이거나 그가 이 단락을 통해 전달하려 한 느낌이다. 화자는 왜 자기가 처음 계획대로 아브루치에 가지 않고 중간에 어느 이상한 곳에서 예상치 못한 혼란에 빠져 헤어나지 못했는지 스스로도 알지 못한다.

그는 "I had wanted to go to Abruzzi."라고 말한 뒤, 이어서 "I had gone to no place."가 이끄는 문장을 이용해 아브루치라는 지역과 관련한 자신의 여러 가지 상상을 나열함으로써 그곳에 가는 것에 대해 가졌던 애초의 기대감을 표현한다. 그다음 문장은 "I had gone to no such place but……"인데, 앞부분의 단어는 반복되지만 전혀 상반된 정보를 드러낸다. 그는 아브루치에 가지 않고 전혀 다른, 대단히 혼란스러운 곳에 갔다. 그곳의 어느 방에서 만취한 채 여자와 침대에 누워 있으면 어둠 속 세상이 너무나 흥분될 정도로 비현실적이어서 그런 행태를 반복하지 않을 수 없었다. 그때는 어둠 속에서 그것이 전부여서 다른 것은 전혀 신경 쓰이지 않았다. 그런데 또 갑자기 백팔십도로 상황이 바뀌어 모든 것이 지극히 현실적으로 변한다. 밤에는 모호하고 허황했던 것들이 아침이 되자 날카롭고 냉혹하며 선명해져서 심지어 동침했던 여자와 화대를 두고 다투기에 이른다. 하지만 때로는 여자와 즐겁고 다정하고 훈훈하게 아침 식사와 점심 식사를 함께한 적도 있었다. 그런데 여기에서 헤밍웨이가 사용한 문장은 "Sometimes still pleasant and fond and warm and breakfast and lunch."이다. 세 개의 형용사 뒤에 명사 두 개가 이어져서 화자의 기억과 마찬가지로 문법적으로도 혼란하기 그지없다.

　비록 내적 독백은 아니지만 헤밍웨이가 쓴 위의 단락은 제임스 조이스의 '의식의 흐름'과 매우 흡사하다. '의식의 흐름'처럼 단절적이고 비약적이며 혼란한 동시에 비이성적이거나 전前이성적인 특성을 띠고 있다. 그 신부는 어떻게 반응했을까? 화자가 아브루치에 가려다가 자기도 모르게 어쩔 수 없이 다른 곳에 머물다 왔다는 그런 설명 아닌 설명을 하는데, 그에게 더 무엇을 따질 수 있었겠는가?

좀 더 심층적으로 분석해 보면 헤밍웨이는 신부나 독자들을 이해시킬 목적으로 이렇게 혼란을 표현했을 리가 없다. 하지만 이것은 소통을 거부한 것이 아니라 거꾸로 가장 효과적인, 심지어 유일한 소통 방식이다. 이해가 아니라 공감의 소통이다. 이런 글은 혼란한 상태의 현장감을 전달한다. 혼란이 지나간 뒤에 논리와 문법으로 정리한 결과가 아니어서 직접적으로 청자와 독자를 소환해 그들이 자신의 경험에서부터 우러난 반응을 하도록 이끈다. 이 글을 보고 그들은 자신이 언젠가 겪어 본 일을, 영문도 모르고 어떤 곳에서 어떤 일을 저지른 채 도저히 헤어날 수 없었던 경험을 떠올리게 된다. 위의 전체 인용문 다음에 나오는 문장은 "하지만 나와 같은 경험을 해 본 사람이라면 내 말을 이해할 것이다. But if you have it, you know."이다. 그렇다. 신부와 우리는 화자가 무슨 말을 하는지는 모르지만 이상하게도 그런 느낌, 그런 경험은 알고 있으며 부인하려야 부인하지 못한다. 다시 말해 아브루치에 가겠다는 약속을 안 지킨 그 녀석에게 화를 낼 수가 없다.

모방하기 쉽지 않은 헤밍웨이

헤밍웨이 이전에 언어를 이렇게 사용하고 이런 방식으로 혼란의 과정을 복제하고 반영하며 부조처럼 삶 속에서 부각함으로써 우리가 모를 수 없는 일로 만들어 낸 예를 우리는 알지 못한다.

소설가로서 헤밍웨이가 끼친 영향은 포크너와는 크게 다르다. 포크너는 '소설가의 소설가'이다. 소설을 쓰고 소설을 쓰고 싶어 하는 사람은 포크너를 읽으며 자극을 받곤 한다. 포크너의 작품은 그들에게 소설이 대체 무엇인지 사유하게 만들기 때문이다. 포크너의 소설을 읽으면 누구나 소설 쓰기가 너무나 복잡하고 힘든 일이라고 여기게 된다. 그래서 많은 소설가 지망생들이 포크너를 읽고 꿈을 포기한다. 어떻게 이토록 어마어마한 힘을 들여 소설을 쓴단 말인가! 더구나 포크너의 소설에는 숙명적이고 무기력한 분위기가 가득해서 독자들은 포크너를 존경하고 마음에 들어 하기는 해도 자기가 마르케스*처럼 대단한 소설의 천재가 아닌 한, 친근하게 느끼지는 못할 것이다. 우리는 포크너를 읽으면 항상 그가 기괴한 사람이고 기괴한 삶이 우리 눈앞에서 재연된다고 느낀다. 포크너와 그의 소설은 그런 기괴함strangeness으로 우리를 감동시킨다.

---

* Gabriel García Márquez(1927~ 2014). 콜롬비아의 소설가로 1982년 노벨문학상을 수상했으며 『백년의 고독』, 『콜레라 시대의 사랑』, 『미로 속의 장군』, 『이방의 순례자들』 등을 지었다.

헤밍웨이는 정반대다. 그는 자신의 소설을 읽는 사람에게 스스로 소설을 쓰고 싶은 충동을 느끼게 한다. "아, 소설이 이렇게 간단한지 몰랐네. 나도 쓸 수 있겠어!"라고 말이다. 우리는 보통 문학가가 어휘량이 많고 다른 사람이 못 쓰는 어휘를 써야만 문학 작품이라고 할 만한 것을 쓸 수 있다고 생각한다. 내 딸이 초등학생 시절, 어느 날 문득 "아빠는 평소에 원고 쓸 때 몇 글자나 써?"라고 물은 적이 있었다. 내가 뭘 묻는 건지 아리송해 하자 딸은 설명하길, 학교 국어 시간에 모르는 글자를 배울 때 선생님이 일상생활에서 한자를 2천 자는 알아야 하며 일부 문학가들은 3천 자, 4천 자까지 활용한다고 했다는 것이다. 이 소리를 듣고 딸은 집에 돌아와 내가 문학가의 자격이 있는지 없는지 검증하려 한 것이다. 만약 이런 생각을 가진 독자가 헤밍웨이를 읽는다면 "이렇게 적은 단어로 소설을 쓰고 문학가가 될 수 있다니!"하고 경악할 것이다. 그가 쓴 단어는 누구나 알고 평상시에 흔히 쓰는 것들이지만 그는 고작 그 정도 단어로 그토록 재미나고 흡인력 있는 작품을 써 냈다. 당연히 독자는 2천 년 전 유방이 진시황의 위풍당당한 수레 행렬을 보고 말했던, "대장부라면 모름지기 이래야지!"라는 탄식이 절로 나올 것이다. 그리고 자기도 이런 소설을 써야겠다고,

자기도 이런 소설을 쓸 수 있는 조건이 된다고 생각할 것이다.

헤밍웨이는 소설을 쓰지 않는 사람에게 소설을 쓰고 싶은 생각이 들게 하지만 소설을 쓰는 사람에게도 또 다른 충격을 준다. 소설을 쓰는 사람이 헤밍웨이를 읽고 나서 자기 소설을 보면 "왜 내 소설은 이렇게 복잡할까? 이렇게 복잡한 방법으로 소설을 쓸 필요가 있을까?"라고 자문하게 된다. 헤밍웨이는 '오컴의 면도날'이라는 논리적 관점에서 문학을 바라본다. 철학에서 '오컴의 면도날'이 가리키는 것은, 더 간단한 방식을 찾아 추론할 수 있다면 상대적으로 더 복잡한 방식을 쓸 필요가 없다는 것이다. 그래서 베테랑 소설가도 헤밍웨이의 글에 끌려 자기 글을 간결하게 바꾸곤 한다.

이에 따라 수많은 헤밍웨이의 모방자가 탄생했다. 헤밍웨이를 모방하는 것은 너무나 간단하고 또 너무나 일리 있는 일처럼 보인다. 하지만 정말로 흡사하게 모방하는 것은 상상외로 어렵다. 이 점에서 헤밍웨이는 무라카미 하루키와 비슷하다. 하루키도 항상 사람들에게 모방하기 쉽겠다는 착각을 불러일으키곤 한다. 알고 보면 소설은 누가 항상 유사한 방식으로 이상한 얘기를 하는 것을 적는 것에 불과한 것처럼 느껴진다. 예를 들어 한 여자가 남자에게 "이제 뭐 할 거야?"라고 물었다고 치자. 그가 "뭘 해도 괜찮을 것 같아."고 답하자 그녀는 대뜸 "그러면 나를 사랑할래?"라고 또 물었다. 그러자 그는 "사랑해도 괜찮겠지. 사랑하지 않아도 괜찮을 것 같지만."이라고 말했다. 전부 이런 식이다. 글이 잘 안 써지고 줄거리를 더 밀고 나갈 수 없을 때는 주인공에게 샌드위치나 스파게티를 만들게 하거나 아니면 음반을 틀어 음악을 듣게 한다. 소설은 이런 식으로 간단히 써 나갈 수 있을 것만 같다.

하루키는 당연히 그렇게 단순하지 않다. 많은 이들이 하루키가 소설 속에 많은 기호를 삽입하는 것을 흉내 낸다. 하지만 그 기호들을 전고典故와 상호 텍스트로 활용하는 그의 고차원적 수법은 거의 흉내 내지 못한다. 하루키를 모방하는 사람은 소설 속에 음악 기호를 집어넣기 위하여 예컨대 라디오에서 슈베르트의 『죽음과 소녀』가 흘러나오고 주인공이 그것을 듣는다는 식으로 글을 쓴다. 하지만 정작 하루키는 그렇게 안 쓴다. 그가 언급하는 음악과 책 심지어 장소와 의류 모두 어느 것 하나 무심히 가져온 게 없다. 그것은 그가 텍스트 속에 감춰 둔 암호여서 만약 누가 단서를 쫓아 그 음악을 듣고, 그 책을 읽고, 그 장소와 그 의류 브랜드의 특수한 의미를 이해한다면 소설의 내용이 더 복잡하고 풍부해지는 것을 깨달을 것이다.

헤밍웨이는 겉으로 보면 모방하기 쉬울 것 같지만 그의 간단한 글 뒤편에 숨어 있는 특성, 즉 기본적인 삶의 태도는 거의 모방하기 어렵다. 그의 호전성과 권투에 관한 상상은 언제나 가상의 강적과 싸우고 대치한 삶의 태도에서 비롯되었다. 이런 사람이 아무렇게나 단순한 글을 쓰고 자기 작품으로 삼았을 리는 없다. 그러면 그는 어떻게 문학의 링에 올라 다른 사람과 챔피언 벨트를 다투거나 챔피언의 포즈로 당당하게 자신의 자리를 지켰을까?

남성성의 미학

헤밍웨이의 단순한 글은 모두 그가 공들여 다듬은 것이다. 그는 소설을 매우 빨리 쓰기는 했다. 『태양은 다시 떠오른다』 같은 작품은 겨우 6주 만에 완성했다. 하지만 이후 대단히 긴 퇴고 과정을 거쳤는데, 거기에는 어떤 영웅적이고 야성적인 기백이 있었다. 그는 퇴고할 때 제일 먼저 원고를 다시 읽었고 그다음에는 다시 읽으면서 자기가 잘 썼다고 생각한 부분을 표시했다. 그러고 나서는 우리의 일반적인 예상과 달리 그 표시한 부분을 삭제했다. 내가 잘못 이야기하고 있는 것이 아니다. 그는 자기가 잘 쓰고 훌륭하게 썼다고 생각하는 부분을 삭제했다.

이것은 그의 가장 독특한 방법이었다. 그는 작품이 좋은지 안 좋은지 가장 효과적으로 판단하려면 좋은 문장과 그런 좋은 문장을 어느 정도까지 덜어 내도 여전히 괜찮은지를 살펴야 한다고 생각했다. 왜 자신이 좋다고 생각하는 문장과 단락을 오히려 버리려 했을까? 이것의 이면에는 헤밍웨이의 개성과 그 개성에서 비롯된 미학관, 즉 남성성 masculinity에 대한 미학적 편향이 존재한다. 그러면 헤밍웨이는 남자가 무엇이라고 생각했을까? 유감스럽게도 이에 대해 헤밍웨이는 차별적인 생각을 갖고 있었다. 그는 분명 남자와 여자의 가장 큰 차이를 "남자야말로 참된 인간"이라는 말로 설명했을 것이다.

이 말에는 여자는 참된 인간이 아니라는 뜻이 담겨 있다. 그는 자기가 아는 수많은 여성 중에 오직 한 사람만 참된 인간이라고 말한 적이 있다. 바로 독일계 할리우드 스타 마를레네 디트리히Marlene Dietrich였다. 그는 허스키한 목소리를 가진 차가운 미녀였으며 언제나 필터가 긴 담배를 손에 들고 있을 것 같은 이미지였다. 그는 왜 디트리히만 참된 인간이라고 생각했을까? 디트리히가 남에게 영합하지도 남의 비위를 맞추지도 않았으며 귀엽거나 친근한 것처럼 가식을 떠는 법이 없었기 때문이다.

헤밍웨이가 가장 못 참고 용서하지 못한 것은 바로 가식이었다. 특히 허세를 가장 혐오했다. 그래서 그는 변화구 투수를 싫어했다. 변화구는 사람을 속이는 것으로, 어디로 공이 갈 것처럼 타자를 홀려 놓고 실제로는 다른 곳으로 공을 던진다. 이것은 본래 투타 대결에서 투수가 승리를 거두는 정당한 방법 중 하나이지만 헤밍웨이는 좋아하지 않았다. 그가 지닌 남성성의 미학과 어긋나기 때문이었다.

그는 거의 병적으로 가식을 혐오했다. 소설 원고를 고칠 때 무엇보다도 남에게 가식으로 보일 만한 문장이나 단락을 쓰지는 않았는지 반드시 확인했다. 그리고 특별히 매력적인 문장과 단락을 일일이 골라내 점검하며 진지하게 자문했다. 이 부분은 고의로 독자의 눈을 끌고 있지는 않을까? 여자가 화장을 하고 화려한 옷을 입은 것처럼 치장을 했기 때문에 눈에 띄게 된 것은 아닐까? 그는 가식적으로 보이는 내용을 사정없이 제거해 버렸다.

퇴고할 때 그는 조금 긴 다음절 단어가 보일 때마다 눈이 찌릿했다. 철자가 열 개, 열두 개인 단어가 보이면 직감적으로 자기가 어째서 이런 단어를 썼는지, 여기에서 꼭 이 단어를 써야만 하는지, 좀 더 간결한 단어로 바꿀 수는 없는지 생각했다. 퇴고할 때 그는 한 문장에 동사가 두 개 있는 것을 봐도 눈이 찌릿했다. 이에 대해서는 꼭 동사를 두 개 써야 하는지, 더 간단한 방식으로 이 문장을 조합할 수는 없는지 생각했다. 헤밍웨이의 문장 속에는 안긴절이 거의 없어서 각 문장이 다 명확하기 그지없다. 문장 속에 문장이 있거나 큰 문장이 작은 문장을 안고 있는 경우가 전혀 없다.

그의 퇴고는 늘 삭제와 해체가 다였다. 복잡한 문장을 단순하게 해체했다. 주로 단문을 사용했으며 얼핏 보면 길어 보이는 문장도 자세히 보면 문법이 매우 단순하다. 그런데 헤밍웨이의 소설에서는 'and'가 왜 그렇게 많이 쓰일까? 그가 계속 문장을 해체했기 때문이다. 문장을 짤막짤막하게 단순한 단위로 해체한 뒤 'and'로 이어 놓았기 때문이다.

이것은 그가 믿어 의심치 않고 흔들린 적이 없는 미학적 신념이었다. 그는 단호하고 끈질기게 이 신념을 고수하여 그런 글을 구상하고 만들어 냈다. 그의 글에 우리의 마음이 움직이는 까닭은 그것이 사실 어렵게 이룬 예술혼의 결실이기 때문이며 동시에 우리가 자기도 모르게 그의 미학적 신념에 충격을 받기 때문이다.

헤밍웨이는 가식을 원치 않았기에 항상 너무 많이, 너

무 훌륭하게 이야기한 것처럼 보이는 것은 전부 제거해 버렸다. 그래서 그의 가장 우수한 작품은 다 성공적으로 독자를 끌어모았다. 독자는 그가 소설 속에서 제시하는 밋밋하고 빈약한 내용을 보면서, 그가 숨겨놓고 이야기하지 않은 부분을 적극적으로 상상해 채워 넣었다. 그의 소설은 한 남자가 입에 담을 수 있는 말들을 기록했지만, 그 내부에는 그가 말할 수 없고 말하면 스스로 구역질 나는 것들이 훨씬 더 많이 들어 있다. 그런 억압 상태를 이해하고 나면 우리는 감정과 상상으로, 그 말할 수 없었고 말하면 가식이 돼 버렸던 내용을 자기도 모르게 보완하지 않을 수 없다. 이런 과정을 거치면 헤밍웨이의 소설은 우리 마음속에서 빛을 발하게 되며, 우리는 그것의 아름다움과 훌륭함을 인정하게 된다.

"너무 오페라적이다"

하지만 이런 미학은 '정상적인' 표현 기법보다 실패할 위험성이 더 크다. 어느 정도까지 말해야 정확히 독자의 상상력과 감수성을 자극해 보완을 유도할 수 있는지 가늠하기 어렵기 때문이다. 일부 작품에서 헤밍웨이는 중요하고 꼭 해야 하는 말을 너무 많이 제거해서 독자들이 아예 무슨 내용인지 보완은커녕 이해조차 할 수 없게 만들어 버렸다. 아는 사람이 거의 없는 『봄의 급류』The Torrents of Spring 같은 경우는 초고가 너무 여성스럽고 센티멘털하다는 이유로 헤밍웨이 스스로 원고를 지나치게 많이 삭제하는 바람에 나중에는 줄거리의 핵심 단서마저 모호해져 버려 독자들이 계속 읽기가 힘들어졌다.

어쨌든 헤밍웨이는 포크너가 아니다. 포크너의 『소리와 분노』는 처음부터 신비하고 복잡한 양태를 드러내면서 일부러 도대체 누가 이야기하고 있고 무엇을 묘사하고 있는지 종잡을 수 없게 한다. 계속 읽으려면 독자는 마음의 준비를 해야 한다. 진지하게 주의를 기울여야 하며 수학 숙제를 할 때처럼 애써 집중을 유지해야 한다. 안 그러면 포크너가 창조한 소설 세계에 들어갈 수 없다. 그런데 헤밍웨이의 소설은 매우 간단해 보여서 독자는 읽는 과정에서 힘들여 퍼즐을 맞출 마음의 준비를 하지 않는다. 그러므로 당연히 포기하고 안 읽을 수밖에 없다.

이 밖에 헤밍웨이가 너무 많이 감성적인 부분을 남겨 대단히 '헤밍웨이적이지 않은' 작품들도 있기는 하다. 역시 사람들이 잘 모르는, 운명의 배반을 다룬 『강 건너 숲속으로』Across the River and Into the Trees가 그렇다. 이 소설을 읽을 때 가장 곤혹스러운 점은 헤밍웨이가 여러 곳에서 스스로 이 작품을 낮게 평가한 것이다. 그의 자기비판의 초점은 『강 건너 숲속으로』의 결말에서 주인공인 대령이 죽기 전의 단락에 집중되어 있다. 그는 대령의 죽음이 '투 오페라틱'too operatic하다는 견해를 밝혔다. 다시 말해 이 단락이 너무 오페라적으로 쓰였다는 것이다.

'너무 오페라적'이라는 것은 무슨 뜻일까? 간단히 설명하면 다음과 같다. 기본적으로 오페라의 성공 조건 중 하나는 형편없는 대본, 즉 문학과 연극의 일반적인 기준에서 형편없다고 여겨지는 대본이다. 대본이 단순하고, 터무니없고, 황당해야만 음악이 충분히 표현될 수 있다. 오페라는 어쨌든 음악으로 표현되며 연극은 부차적이다. 모든 캐릭터가 툭하면 노래를 불러서 오페라의 스토리 전개는 느릴 수밖에 없으며, 하루 저녁에 공연이 끝나므로 스토리가 너무 길어도 안 된다. 하지만 좋은 음악은 반드시 배후에 강렬한 감정이 있어야 하기 때문에 오페라는 희로애락이 넘치는 장면을 많이 배치해야만 한다. 생각해 보라. 시간도 부족한데 극적인 장면을 잔뜩 집어넣어야 하니 이런 대본이 어떻게 형편없지 않을 수 있겠는가? 한 쌍의 남녀가 방금 화원에서 만났는데 갑자기 죽을 둥 살 둥 사랑하고 잠시 후에는 또 신이 내린 재난으로 인해 생사의 이별을 하는 것이

전형적인 오페라식 극적 표현이다.

확실히 소설 비평에서 '오페라틱'은 좋은 말이 아니다. 오페라 『라 트라비아타』의 결말을 떠올려 보자. 극 중에서 폐결핵에 걸려 곧 죽을 운명인데도 여주인공은 계속 노래를 부르고 또 부른다. 심지어 그만두려 해도 그만둘 수 없을 정도로 열창을 해 댄다. 현실에서는 폐결핵에 시달려 허약하기 짝이 없는 임종 직전의 환자가 절대로 이럴 수 없다. 헤밍웨이는 자기가 쓴 『강 건너 숲속으로』의 결말에서 그 대령이 그야말로 『라 트라비아타』의 여주인공과 똑같다고 비웃었다. 죽어가는데도 그렇게 말을 많이 하는 것을 도저히 봐 줄 수가 없다는 것이었다.

나는 사실 『강 건너 숲속으로』가 그렇게 졸작이라고 생각하지 않는다. 심지어 대령의 마지막 회상 장면을 보고 감동하기까지 했다. 하지만 헤밍웨이는 그렇지 않았다. 누가 "이 작품은 너무 감동적입니다!"라고 하자, 그는 "맙소사, 어떻게 그럴 수가 있지? 내가 뭘 잘못한 거지?"라고 반응했다. 다른 사람이 무엇에서 감동을 받았는지 모르지는 않았지만 인정하지도, 인정할 수도 없었다. 이는 그가 삶에 대해 품고 있는, 양보할 수 없는 입장이었다. 그는 센티멘털을 참을 수 없었고 센티멘털한 스타일에 반대했다. 자신의 소설에 센티멘털한 요소가 전혀 없을 수는 없었고 나아가 센티멘털의 힘이 적잖이 존재했는데도, 그는 그것을 인정할 수 없었으며 긍정하는 것은 더더욱 불가능했다.

모더니즘의 두 가지 질문

거트루드 스타인*은 72세가 되던 해에 위암 진단을 받고 7월 27일 오후, 수술 일정을 잡았다. 수술실에 들어갈 때 그와 40년을 함께한 애인이자 반려자인 앨리스 토클라스Alice Toklas가 그의 곁에 있었다. 스타인은 아직 정신이 또렷해 보였는데 갑자기 토클라스에게 "답이 뭐지?"라고 물었다. 뭘 묻는지 몰라 토클라스가 가만히 있자, 그는 또 "답이 없다면 대체 문제는 뭐지?"라고 물었다. 토클라스는 그 두서없는 질문에 또 뭐라고 답해야 할지 몰랐다. 두 차례 질문을 한 뒤 스타인은 수술실로 실려 갔으며 마취제를 맞고 잠이

---

* Gertrude Stein(1874~1946). 미국의 작가로 모더니즘 문학의 대표적인 인물이다.

들었다. 그러고 나서 다시는 깨어나지 못했다.

이 에피소드는 토클라스의 회고록 『기억나는 것』What Is Rememberd에 실려 있다. 이 책의 내용은 대부분이 스타인에 관한 서술이니 토클라스가 스타인이 생전에 마지막으로 한 말을 기억하지 못했거나 잘못 기억했을 리는 없다. 이 두 마디 질문이 정말로 스타인이 마지막으로 남긴 말이 아닐지라도 그 고도의 상징적 의미는 줄어들지 않는다. 도대체 '모더니즘'이 무엇인지 간단명료하게 나타내고 있기 때문이다.

스타인의 마지막 말은 기본적으로 인간이 어떤 새로운 상태에 접어들어 더 이상 이전처럼 당연하게 답을 쫓고 답을 찾지 못하게 된 것이 모더니즘이라는 것을 우리에게 일깨워 준다. 인간은 더 이상 필연적으로 답을 찾고 이해할 수 없을뿐더러 많은 경우 자기가 무슨 문제를 묻고 있는지조차 이해하지 못한다는 것이다.

모더니즘으로 접어들기 전에 문학·예술·문화는 어떠했고 또 무엇을 추구했을까? 유럽은 '계몽주의' 시대부터 신과 교회와 신학이 눈에 띄게 퇴조했다. 다른 식으로 말하면 명확한 답을 제공하던 기존의 힘을 사람들이 더는 당연한 권위로 받아들이지 않게 된 것이다. 신과 교회와 신학의 권위가 지배하던 시대에 살던 사람들은 기존의 그 명확한 답들을 배우고 받아들였다. 살면서 부딪치는 문제들은 개인적인 것이든 집단적인 것이든 모두 이미 명확한 답이 주어져 있었다. 아니면 적어도 모든 것을 포괄하는 어떤 만능의 답에 연결되었다. 즉 신은 모든 것을 알고 있으며 만약 신이 우리가 모르게 하는 것이 있다면 거기에는 분명 그만한 이유가 있으므로 우리는 알 필요도, 알아서도 안 된다는 것이었다.

'계몽주의'의 중요한 공헌과 성취는 바로 과거의 그 표준적인 답을 의문시하고 뒤흔든 것이다. '계몽 정신'은 이성적인 탐색으로 본래 신과 교회와 신학이 독차지했던 답을 대치했다. '계몽주의'는 낙관과 자신감이 가득한 정신으로 대담하고 결단력 있게 낡은 답에 도전하고 그것을 전복시켰다. 하지만 기존의 낡은 답이 전복되거나 적어도 주변부로 밀려났는데도 생각했던 것만큼 쉽게 새로운 답이 나타나지는 않았다. '계몽주의'가 제시한 이성과 과학은 단시간에 진정으로 신을 대체하지는 못했다. 신에 대한 믿음처럼 쉽고 효과적으로 사람들을 마음 편히 안정적으로 그런 답 속에서 살게 할 수가 없었다.

그래서 우리는 답이 사라진 다음에 진정으로 그것을

대체한 것은 새로운 답이 아니라 답에 대한 모색임을, 답에 대한 모색이 답 그 자체를 대신하여 더 의미 있는 삶의 기초가 됐음을 알게 된다. 답을 찾으려고 사람들이 기울이는 노력이 어떤 단일한 답을 믿고 추종하는 것을 대체하고 뛰어넘게 되었다. 19세기 유럽이 위대한 까닭은 그때가 답을 찾던 세기였기 때문이다. 모두가 다양한 형식으로 답을 찾는 데 참여했다. 19세기 유럽의 가장 특별하고 가장 특수했던 점은 그들이 어떤 답을 제공한 것이 아니라, 용감무쌍하게 그 거창한 문제에 관해 묻고 또 실질적이거나 정신적인 모험을 통해 답을 모색하거나 적어도 답을 제시할 가능성을 개발한 것이다.

그 과정에서 많은 문제가 제기되고 또 많은 답이 나왔지만 보편적이고 항구적인 권위를 얻을 만한 답은 하나도 없었다. 그토록 많은 길이 모색되었고 그토록 많은 잠정적 답이 쏟아졌지만 답이 하나 받아들여지자마자 그 뒤에 나온 답이 그것을 뒤집거나, 아니면 새로운 문제가 그 답의 사실적이거나 논리적인 근거를 뒤로 밀어냈다. 수십 년, 백 년 넘게 끊임없이 모색하고 많은 답이 나왔지만 궁극적이고 확정적인 답은 오히려 갈수록 멀어지기만 했다.

왜 19세기와 20세기의 교체기에 모더니즘의 조류가

출현했을까? 답을 찾던 유럽인의 태도에 근본적인 변화가 생겼기 때문이다. 그전까지는 "우리는 답이 없어서 답을 찾아야 하고 그것이 모든 삶의 의의의 근원이다."라는 것이 공인된 전제였다. 그런데 모더니즘이 놀랍게도 반문하고 나섰다. "잠깐만. 정말로 가장 중요한 일이 답을 찾는 것이라고 누가 증명한 적이 있는가?"라고 말이다. 정말로 가장 중요한 일이 답을 찾는 것임을 증명하려면 적어도 자신이 도대체 무슨 문제를 묻고 있는지 그리고 그런 문제가 물을 만한 가치가 있다는 것을 우리가 과연 알고 있는지를 먼저 분명히 해 둬야 한다.

달리 말해 모더니즘은 인간 존재의 의의를 뒤로 한 발자국 밀어내고 본래부터 사람들이 흥미롭게 탐색해 온 문제를 괄호 속에 넣고서 답을 하기 전에 먼저 이런 문제가 의미 있는 문제인지, 물어야 하는 문제인지 그리고 물을 가치가 있는 문제인지 확인하게 했다. 모더니즘이 '모던', 즉 '현대적'인 것은 그것이 전통과의 시간적인 단절을 이뤄 내고 과거에 당연시되던 가치, 즉 답과 답을 추구하는 것이 매우 중요하다는 관념을 전복시켰기 때문이다. 모더니즘은 과거의 가치를 받아들이지 않았고 답이 꼭 문제보다 중요하다고 생각하지도 않았으며 더 나아가 우리가 정말로 답을 추구하려 하고 추구해야 하는지도 확정하지 않았다. 그야 말로 "답이 없다면 대체 문제는 뭐지?"였다.

모더니즘 이전의 갖가지 철학 사조와 예술의 주제 의식은 기본적으로 전부 답을 제공하고, 나타내고, 설명하고, 분석하고 또는 답을 찾는 과정을 드러내는 데 목적이 있었으며 적어도 답을 찾는 것에 대한 열정적인 태도를 보여 주었다. 모더니즘은 사람을 쉬이 불안하게 한다. 왜냐하면 답과 거리를 둔 상태에서 문제에 의문을 제기하고, 사람들이 문제에 관해 갖는 의문을 답으로 삼지도 못하게 하기 때문이다. 모더니즘은 지금이 벌써 답이 나올 수 있는 단계라는 것을 받아들이지도 믿지도 않았다.

"일부러 어렵게 썼어!"

스타인은 문학에서 모더니즘 조류를 이끈 중요한 선두 주자였다. 그는 1874년 미국에서 태어나 래드클리프 칼리지를 졸업했다. 오늘날 미국에는 래드클리프 칼리지가 독립적으로 존재하지 않고, 이미 하버드대학에 합병되었다. 스타인이 다니던 시절의 래드클리프 칼리지는 여학생만 모집했으며 실질적으로 하버드대학의 분교였다. 하버드대학 학부가 남학생만 모집했기 때문에 따로 새 대학을 세워 똑똑하고 우수한 여성도 하버드의 교육을 받을 수 있게 한 것이었다.

스타인은 래드클리프 칼리지에서 여러 훌륭한 교수를 만났는데 그중 그에게 가장 깊이 영향을 끼친 사람은 하버드대학에서 심리학을 가르치던 윌리엄 제임스였다. 윌리엄 제임스는 스타인이 마음에 들어 심리학을 연구해 보라고 격려했다. 스타인은 20세도 되기 전에 심리학 분야에서 중요한 실험을 완수하고 '자동 현상'을 연구했다. '자동 현상'은 무엇인가? 이는 일부 사람들이 최면 상태에서 동시에 두 가지 지적 활동을 수행하는 특수한 능력을 말한다. 강의를 하는 동시에 강의하고 있는 내용과 전혀 무관한 원고를 쓰는 것을 예로 들 수 있다. 최면 상태에 들어가야만 이런 '분심이용'分心二用 신공이 발휘되는데, 스타인의 연구에 따르면 이는 그중 한 가지 능력이 '자동적인' 상태에 놓이기 때문이다.

다시 말하면 한 가지 능력만이 의식의 층위에서 본래 방식대로 발휘되고 다른 한 가지 능력은 의식에 진입하지 못하고 잠재의식 층위에서 자동으로 작동한다. 이처럼 두 능력이 각기 다른 의식의 층위에 속해 있어야만 서로 간섭하지 않고 동시에 활동할 수 있다. '자동 현상'은 인간 의식의 분할적 동태와 의식의 계층 구조를 증명했다.

대학을 졸업할 때 아직 만 20세도 안 됐던 스타인은 오빠 리오 스타인과 함께 미국을 떠나 당시 전 세계 문화와 예술과 학술의 중심지였던 파리에 갔다. 파리에서 스타인은 토클라스를 알게 되었고 그녀와 연인이 되었다.

현재까지도 파리의 몽파르나스 구역은 스타인의 옛 자택인 플뢰뤼스가 27번지를 보존하고 있다. 이 집을 보존한 데에는 그럴 만한 이유가 있다. 십수 년에서 이십 년 동안 이 집은 파리에서 가장 진보적인 살롱인 동시에 가장 전위적인 화랑이었다. 창조적인 예술가들이 이 살롱의 이벤트에 활발히 참여한 뒤, 자신의 작품을 스타인 남매에게 팔았다. 화랑에는 고갱과 세잔 같은 후기 인상파 대가들의 작품이 있었고 인상주의에 반기를 든 피카소와 마티스 같은 젊은 세대의 작품도 있었다. 젊거나 나이 든, 유명하거나 무명인 예술가들이 다 스타인의 집에 모여들어 막 완성한 다양한 스타일의 작품들을 벽에 줄줄이 세워 놓았다.

파리에서 스타인은 심리학 연구를 포기하고 문학 창작을 해 보기로 했다. 그가 출판한 첫 번째 작품 제목은 『미국인의 형성』The Making of Americans이다. 나는 미국 유학 시절에 이 책을 샀지만 지금은 갖고 있지 않다. 타이완으로 돌아올 당시, 평생 이 책을 읽을 리가 없을 것 같아 망설임 없이 친구에게 선물했기 때문이다. 『미국인의 형성』이라는 그 무시무시한 책은 당시 미국에서 한 가지 판본밖에 없었다. 사전처럼 크고 두꺼운 9백 쪽이 넘는 책이었으며 더 무시무시하게도 안의 글자들 역시 정말로 사전처럼 작고 빽빽하기 그지없었다! 내 기억에 그때 나는 겨우 스무 페이지 정도 읽고 바로 마음속에 "내가 정말 사전처럼 많은 이 글자들을 다 읽을 수 있을까? 그럴 만한 가치가 있을까?"라는 의심이 들었던 것 같다. 그리고 주변 친구들에게 물어보니 미국 문학을 전공하는 대학원생을 비롯해 그 누구도 이 책을 다 읽은 사람이 없었고 심지어 나보다 더 많이 읽은 사람도 없었다. 나는 안심하고 이 책 읽기를 포기했다. 어쨌든 나는 『미국인의 형성』을 못 읽은 최초의 사람일 리도, 최후의 사람일 리도 없기 때문이다.

물론 내가 그 책을 포기한 것은 잘못이었다. 나중에 나는 그 책에 사실 자체적인 규칙이 있고 그 논리에 따른 특별한 독법도 있다는 것을 알게 되었다. 스타인이라는 인물과 그의 시를 접하면서 이미 『미국인의 형성』이 모더니즘의 중요한 고전인 데다 모더니즘의 고전 중에서 가장 읽은 사람이 적은 책이라는 얘기를 전해 들었다. 이런 평가는 결코 단순한 게 아니었다. 『미국인의 형성』이 심지어 조이스의 『율리시스』보다도 읽기 어렵고 읽은 사람이 적다는 것을 뜻했다. 하지만 나는 당시 거기에 담긴 다음과 같은 모순을 의식적으로 파고들지는 못했다. 읽은 사람이 거의 없는 책이 어떻게 고전일 수 있을까? 읽은 사람이 없는데 어떻게 이 책이 훌륭하다는 것을 알까? 읽지도 않고 어떻게 이 책이 문학사적 의미가 있는 고전이라고 주장하는 걸까?

이 문제의 답은 틀림없이 이렇다. 『미국인의 형성』이 고전으로 인정된 이유는 바로 이 책의 난도 때문이다. 이 책은 너무 읽기 어려워서 고전이 되었다. 나를 비롯해 그 누구든 다 읽지 않아도 이 책이 매우 어렵고 읽기 힘들다는 것을 알 것이다. 나아가 조금만 신경을 써도 이 책이 실수로 그렇게 읽기 어렵게 쓴 게 아니고 또 스타인이 능력 부족으로 잘못 써서 그렇게 된 것도 아님을 확인할 수 있다. 행마다, 페이지마다 스타인이 거들먹대며 도발적으로 "일부러 어렵게 썼어!"라고 표시한 흔적이 눈에 들어올 것이다.

『미국인의 형성』은 오만한 태도로 전통적인 서사에 도전한 책이다. 전통적 서사는 분명하게 이야기해야 한다는 기본 관성을 갖고 있다. 그리고 서사narrative는 그 자체로 가설과 도덕적 책임을 지니고 있다. 서사의 근원은 청자가 주의를 기울이므로써 서사자가 서사 권력을 갖는 것이다. 서사 권력을 부여하는 경청과 집중의 태도는 동시에 서사와 서사자에게 일정한 제한과 요구를 부여하기도 하는데, 그것은 자신의 서술이 서술하고 경청할 가치가 있다는 자기 믿음이 있어야 한다는 것이다. 그리고 청자가 주의를 기울이고 반드시 수확을 얻을 수 있도록 말을 분명하게 하는 능력도 있어야 한다.

우리가 잘 아는 서사는 정리를 거친 내용이다. 이것은 깨뜨리기 어렵고 또 깨뜨려야 할 이유도 없는 관성이다. 어느 선생이 강단에 올라선 장면을 상상해 보자. 우리는 당연히 그가 생각나는 대로 이야기할 리 없다고, 되는 대로 막말을 할 리 없다고 가정한다. 그는 미리 정리하고 준비를 마친 내용을 말할 것이고 또 말해야 한다.

서사는 우리의 자연스러운 느낌과 생각을 정리한 것이다. 느낌과 생각은 어지럽고 복잡하지만 우리가 일단 느낌과 생각을 표현해 서사로 완성해서 남에게 전달하려고 하면 어지러운 것을 수습하고 복잡한 것을 제거해 서사를 통용되는 질서 안에 짜 넣어야 한다는, 다시 말해 어떤 서사의 질서를 구축해야 한다는 압박감을 느끼게 마련이다. 우리는 오랫동안 점진적인 훈련을 받아 그런 서사의 관례와 책임을 내적 규범으로 받아들인다. 특히 문자를 사용할 때는 말을 할 때보다 훨씬 엄격한 질서를 지켜야 한다.

스타인과 동시대 모더니즘 작가들은 그런 뿌리 깊은 서사의 관성에 도전하고 반발하기 시작했다. 심리학을 연구했기 때문에 스타인은 보통 사람보다 더 민감하게 그 관성의 존재와 강력한 구속력을 알아차렸다. 보통 사람은 흔히 자기가 하는 말이 자기가 마음속으로 생각한 것이라고 여긴다. 마음속으로 생각하는 것과 입으로 하는 말을 동일시하는 것이다. 스타인은 '자동 현상'을 연구한 경험이 있었기에 그 두 가지가 같지 않고 차이가 있다는 것을, 자동으로 정리되는 과정이 무시된다는 것을 쉽게 간파했다. 사람의 생각과 느낌의 변화는 언어와 서사로는 도저히 따라잡을 수 없다. 생각과 느낌의 실제 흐름을 우리가 서사로 즉시 구현하는 것은 불가능한 일이다.

9백 쪽짜리 혼잣말

자신의 소설에서 스타인은 기존의 모든 소설이 따르던 관성적인 글쓰기 방법을 타파하고 아직 정리되기 전의 비非서사로 애써 돌아가려 했다. 『미국인의 형성』과 비교하면 조이스의 『율리시스』조차 상대적으로 더 정연해 보일 정도이다. 『율리시스』는 의식의 흐름에 의해 구성되어 마치 우리 마음속의 독백을 충실히 기록한 것 같다. 마음속에서 우리는 사실 한마디 말을 완전한 형태로 다 말하는 법이 거의 없으며 자아의 소리 없는 독백 속에서 앞 문장과 뒤 문장이 어떤 논리적 연관성을 갖는지는 더더욱 신경 쓰지 않는다. 그리고 생각과 쉴 새 없이 바뀌는 감각 정보가 한데 뒤섞여 계속 도약하고 또 도약한다. 조이스는 한 사람의 도약하는 독백을 기록해 『율리시스』의 핵심 내용으로 삼았다.

스타인은 조이스보다 글쓰기 방식이 더 파격적이었고 야심도 더 컸다. 그는 아직 정리를 안 거친 의식의 흐름을 기록하려 했을 뿐만 아니라, 대조의 방식으로 독자들이 비서사와 서사의 커다란 차이를 뚜렷이 감지하고 나아가 비서사가 서사보다 더 방대하고 강력하다는 것을 체험하게 하려 했다. 소설의 앞부분에서 스타인은 우선 전통적인 방식으로 두 사람의 성장 경험을 이야기하는데, 일부러 평범하고 무료하게 적고 있다. 하지만 독자가 거의 인내심을 잃을 즈음에(나는 옛날에 이 지점까지도 못 버티고 읽기를 포기했다) 난데없이 새로운 서사의 목소리가 들린다.

"내가 당신에게 이런 것들을 이야기하는 게 무슨 의미가 있지? 도대체 내가 왜 당신들에게 이런 것들을 이야기하는지 정말 모르겠군."

이런 혼잣말이 본래의 서사를 대신한다.

"내가 왜 이런 일을 이야기해야 하지? 내가 말하고 있는 이 일 자체의 의미는 무엇인가?"

이어서 서사와 혼잣말, 정리 전과 정리 후의 정보가 서로 교차하고 뒤섞이기 시작하며, 그 과정에서 독자들은 원시 자료와 서사가 재편되는 과정 그리고 재편 후의 결과를 동시에 보게 된다.

책 속에는 서사도 아니고, 줄거리도 아니고, 캐릭터와도 무관한 것이 가득하다. '말하는' 일 자체에 대한 작가의 갖가지 망설임과 고려, 나아가 자신에 대한 회의와 부정과 원망도 가득하다. 다시 말해 작가는 쉴 새 없이 독자에게 이런 책을 쓰는 것을 후회한다고 말한다. 이런 것을 쓰는 것은 의미가 없다고, 어쨌든 자기는 쓰기는 하겠지만 당신들은 뭘 쓰는지 이해하지도 신경 쓰지도 못할 것이라고 말이다.

"I mean I mean and that is not what I mean."은 이 책 속의 전형적인 문장이다. 먼저 '내 말은'이라고 한 뒤, 말더듬이처럼 또 '내 말은'이라고 한 것은 느낌상 '내 말은'을 반복해 문장 앞에 놓음으로써 그 자신의 망설임과 자신 없음을 표현하는 듯하다. 그리고 그가 말하려는 것은 "내 말은 내 말이 아니라는" 것이다. 그다음에는 "I mean that not anyone is saying what there are meanings. I mean that I am feeling something."이라는 말이 나온다. 사람들이 하는 말이 다 의미가 있지는 않지만 자기는 지금 말할 뭔가가 있는 것 같다는 것이다. 그러면 그가 말하려는 것은 무엇일까? 바로 다음과 같다.

> I mean that I am feeling something. I mean that I mean something and I mean that not anyone is thinking, is feeling, is saying, is certain of nothing. I mean that not anyone can be saying, thinking, feeling, not anyone can be certain of nothing. I mean I am not certain of nothing. I am not ever saying, thinking, feeling being certain of nothing. I mean I mean I know what I mean.

9백 쪽짜리 소설이 대부분 이런 문법으로 쓰였다. 혼란하고, 분열적이고, 명확한 질서가 없으며 읽기를 안내하는 체계 같은 것은 더더욱 없다. 더 중요한 것은 이 기나긴 글쓰기로 전달되는 명확한 정보도 전혀 없다는 사실이다.

9백 쪽 안에는 단어의 반복, 문장의 반복, 단락의 반복, 의미의 반복까지 어마어마하게 많은 반복이 존재한다. 물론 단순한 반복은 아니다. 이미 했던 말을 하고 또 하면서도 매번 접속사 몇 개를 바꾸거나 단어의 배열 순서를 바꾸거나 부정하고 의심하는 어조를 덧붙인다. 이처럼 모든 문장이 몇 번씩 반복되고 혼란스럽기 그지없어 정말로 극복하기 힘든 읽기 경험을 독자에게 선사한다. 가까스로 한 문장의 의미를 이해하고 나면 갑자기 그 문장이 반복되는데, 교묘하게 'It's not I mean'이나 'I mean not I mean'이 덧붙여져서 가뜩이나 이해하기 어렵던 문장이 더 어려워지는 식이다.

『미국인의 형성』이 고전이 된 것은 별도의 서사를 창조하여 독자들이 인간의 언어와 발화 그리고 평소 책에서 접하는 서술이 얼마나 진실하지 못한지 깨닫고 체험할 수 있게 되었기 때문이다. 만약 진실이 우리가 서술하기 전의 감각과 동기로 돌아가 서술하려던 그 경험과 느낌을 촉발하는 것을 의미한다면, 일단 서술을 시작하자마자 본래의 경험과 느낌은 예외 없이 서술 가능한 내용으로 정리되어 더는 본래의 것이 아니게 된다.

그런 글쓰기를 통해 스타인은 우리가 언제나 정리를

마친 것만을 쓰고 또 볼 수 있으며 정리 전의 원시 상태in-stance, 즉 서사의 동기를 자극하고 창조하는 그 참된 상태는 정리 과정에서 사라져 버린다는 것을 일깨워 주었다. 그 참된 상태로 돌아가면 인간이 말하고 쓰는 것은 그렇게 깔끔하고, 정연하고, 단순명료하지는 못할 것이다.

또 그런 글쓰기를 통해 스타인은 언어라는 현상의 본질을 드러내려 했다. 언어라는 현상의 본질은 우리가 상상하고 인정하는 것보다 더 골치 아프다. 말하고 쓰는 언어는 언어의 전모가 아니다. 그 배후에는 말로 표현되지 않는 unuttered 언어가 존재하고 참된 존재는 말로 표현되지 못하며 그럴 수 있는 언어도 없다. 우리는 언어로 사유하고 언어로 느끼지만 우리가 느끼고 사유하는 언어는 우리가 말하고 쓰는 언어가 아니며 양자가 완전히 일치하지도 않는다. 우리는 말한 언어와 말하지 않은 언어가 당연히 같다고 생각하기 쉽지만 사실은 그렇지 않다. 정말로 그렇지 않다.

스타인의 소설과 수많은 모더니즘 작품들은 그 '또 다른 언어', 우리가 그것으로 내적으로 느끼고 사유하지만 서술되고 정리된 적이 없는 언어를 포착하고 또 그것으로 돌아가려했다. '말로 표현되지 않는 언어'unuttered language는 반복과 쓸데없는 단어와 계속 에두르는 듯한 것들로 가득하다. 하지만 우리가 그것이 정리되기 전 마음속 언어의 참된 상태임을 안다면 그 언어가 난해하지도 수다스럽지도 않고 오히려 중개를 거치지 않았으니 직접적이고 즉각적이라고 느낄 것이다. 이것이야말로 일상생활에 더 가깝고 우리가 절대적으로 많은 시간 동안 사용하는 언어이기 때문이다.

보통 사람들은 대부분 일상생활에서 내적인 침묵의 언어silent language를 사용하는 빈도와 횟수가 말로 표현되는 언어를 훨씬 능가한다. 사실 우리는 대부분의 시간을 혼란과 헷갈림과 착란과 서사의 정리를 거치지 않은 언어 속에서 살아간다. 하지만 '언어'를 떠올리고 '언어'를 이야기할 때 우리는 늘 정리 후의 표면적인 언어를 대상으로 삼고 그것만을 '언어'로 생각한다.

스타인은 9백 쪽짜리 소설에서 대단히 수다스러우면서도 사실은 대단히 단순한 그 언어, 한층 더 현실에 가까운 그 언어를 재현하고 제시했다. 그럼으로써 간결하고 조리 있는 서사가 불변의 진리가 아니고 우리가 언어를 사용하는 유일한 방식도 아니며 심지어 우리의 언어 사용에서 가장 보편적이고 일상적인 방식도 아니라는 것을 대조로 보여 주었다.

읽은 사람이 얼마 없고 다 읽은 사람은 더 적지만 스타인의 책은 영향력이 매우 컸다. 이 책은 본래 다 읽을 필요가 없는 책이다. 그토록 길고 수다스럽게 써서 사람들이 다 못 읽도록 한 것이 이 책의 매력이자 영향력의 일부이다. 글쟁이라면 이 책에 조금 손을 대 보고 벼락을 맞은 듯한 깨달음을 얻을 수 있다. 그렇다. 우리가 꼭 표면적인 언어만 쓰라는 법은 없다. 내적인 침묵 언어의 더 방대한 세계가 모든 이의 몸속에 자리한 채 우리의 탐색을 기다리고 있다.

입체주의의 암시

스타인이 그런 작품을 쓰도록 깊은 영향을 끼친 원천은 앞에서 언급한 심리학 연구 경험이었다. 그 시대의 심리학은 프로이트의 심리학이든 스타인의 스승 윌리엄 제임스의 심리학이든, 기본적인 경향은 모두 심리적인 층위에서 인간을 해체하는 것이었다. 그리고 그 전제는 더 이상 인간을 하나의 총체로 보지 않고 인격과 심리에서 인간의 서로 다른, 심지어 모순되고 충돌하는 몇 가지 부분을 파헤치는 것이었다.

스타인이 두 번째로 깊은 영향을 받은 원천은 그가 파리에 갔을 때 당시 그곳에서 맹렬하게 전개되던 시각예술의 혁명적인 분위기에 녹아든 것에서 비롯되었다. '입체주의'를 고민하고 시험하고 있던 피카소와 그의 친구들*은 스타인이 살던 플뢰리스가 27번지를 자주 드나들었다. 스타인은 그들의 토론에 참여하며 그들을 많이 격려했다.

당시 피카소의 작품을 비롯한 입체주의 그림을 얼핏 살펴보면 많은 이가 어리둥절해 한다. 그림 속의 여자는 여자 같지 않고 기타도 기타 같지 않아서 아름다운 형상으로 느껴지지 않으며, 화가의 묘사가 사실적이라고 찬탄하기도 어렵다. 많은 이들이 왜 그런 알 수 없는 것을 그렸는지, 왜 모네처럼 훌륭하게 연꽃을 그리지 않고 르누아르처럼 멋지게 시골 무도회를 그리지 않았는지 원망할 것이다. 하지만 입체주의에 관한 스타인의 짧은 코멘트를 보면 아마도 또 다른 시각으로 입체주의를 감상하고 이해할 수 있을 것이다.

스타인은 "그것(입체주의의 그림)은 항상 자기 안에서 튀어나오려 하는 견고하고, 매력적이고, 분명하고, 복잡하고, 흥미롭고, 불안하고, 혐오스럽고, 매우 아름다운 것이다."라고 했다.

이 말은 간단하지만 정확하게 모더니즘 예술에 접근하는 방식을 알려 준다. 입체주의 회화(사실 모더니즘 문

---

* 파블로 피카소(Pablo Ruiz Picasso, 1881~1973)와 조르주 브라크 (Georges Braque, 1882~1963)는 함께 20세기 초의 입체주의(Cubism) 화풍을 세워, 화면을 산산이 부수고 분리한 뒤 재조합하는 화풍을 추구함으로써 후대의 여러 예술 유파에 영향을 끼쳤다.

학도 포함된다)의 의의가 과거에 우리가 접했던 예술 작품과는 다르다는 것이다. 이전의 예술 작품은 그 자체로 통일되고 일치된 메시지의 담지자였다. 그림 한 장을 이루는 모든 요소, 즉 색깔·구도·선·분포 등이 전체를 형성하고 그 전체를 통해 감상자에게 의미가 전달되었다. 회화 작품은 그런 의미의 담지자이자 전달 도구였고, 그림의 성공 여부는 그런 전체적인 의미를 잘 표현할 수 있느냐에 달려 있었다.

입체주의 작품은 그렇지 않았다. 메시지의 암시이지 더는 의미의 전달 도구가 아니었다. 감상자를 빨아들이려 하지 않고, '그것은 항상 자기 안에서 튀어나오려 하는 것'이었다. 스타인은 안에서 무엇이 나타나는지 위에서 언급했지만 그 서술이 어수선하기 그지없다. 상이하고 모순적인 수식어를 잔뜩 늘어놓고, 나타나는 것이 견고하고 분명하며 흥미롭지만 동시에 혐오스럽고 불안하다고 말한다. 이 긴 문장은 도대체 무엇을 이야기하는 걸까? 바로 입체주의와 그것을 비롯한 모더니즘 예술의 가장 큰 목표와 성취가 상반된 느낌을 동시에 담지하고 전달하는 것임을 이야기하고 있다. 이 현실 세계에서는 본래 공존하지 못하는 것들이 단일한 작품 안에 수용되는 것이다.

이것이 바로 암시의 작용이다. 피카소의 그림은 일련의 암시이다. 화면에 고정적인 형상이 없어 도대체 무엇을 그렸는지 말하기 어려우며 다른 각도, 다른 상상, 다른 가정에 따라 그 안에서 부드러운 것이 보이기도 하고 냉혹한 것이 보이기도 하며 또 친근한 것이 보이기도 하고 악마 같은 것이 보이기도 한다. 서로 다른 메시지, 서로 다른 요소, 서로 다른 느낌이 너무나 당연하게 한 그림 속에 병존하고 있다.

스타인은 앞의 코멘트에서 "견고하고, 매력적이고, 분명하고, 복잡하고, 흥미롭고, 불안하고, 혐오스럽고, 매우 아름다운 것이다."라고 하여 '매우 아름다운'very pretty으로 긴 수식을 끝맺고 다른 수식어와는 달리 '아름다운' 앞에는 '매우'라는 부사까지 덧붙였다. 이 단순한 변화로 스타인은 우리에게 모더니즘 예술 및 입체주의의 가장 큰 매력과 아름다움이 작품 자체의 아름다움이 아니라 하나의 작품이 그렇게 많은 다양성을 동시에 품을 수 있다는 점임을 말해준다. 한 장의 그림, 한 편의 소설, 한 곡의 음악이 마치 샘물처럼 계속 용솟음쳐 서로 다른 감상자들에게 서로 다른 것을 전달하며 그 과정은 결코 정체하지 않는다.

스타인을 따르지 않은 헤밍웨이

한동안 스타인은 파리에서 모더니즘 운동의 중심적 위치에 있었다. 그는 유럽의 문화 예술을 흥미로워하는 미국의 신세대 젊은이들을 상대하기도 했다. 그 젊은이들은 성지 순례를 하는 마음으로 파리에 갔고 꼭 스타인을 찾았다. 스타인은 파리에 성지 순례 와서 자신에게 도움과 안내를 청한 그 젊은이들을 '로스트 제너레이션', 즉 상실의 세대라고 불렀다. 그들은 미국에 실망했고 미국에서는 정신적으로 의지할 환경을 찾지 못해 멀리 유럽으로 건너갔다. 유럽에 가서 자신들이 안착할 수 있는 뿌리를 찾으려 한 것이다. 하지만 그때 유럽은 마침 과거부터 존재했던 뿌리가 모두 제거되고 있었기 때문에 그들은 뜻을 이루지 못했고 그래서 다시 실망하지 않을 수 없었다.

파리에서 스타인과 함께 긴 시간을 보낸 미국 젊은이 중에는 『위대한 개츠비』의 작가인 피츠제럴드와 헤밍웨이도 있었다. 헤밍웨이는 1922년 해외 주재 기자의 신분으로 파리에 가서 금세 스타인과 친해졌다. 역시 같은 시기 파리에 있었던 헤밍웨이의 또 다른 친구는 시인 에즈라 파운드였다. 파운드는 헤밍웨이와 스타인보다 더 괴짜였다. 나중에 나치 독일에 투신해서 제2차 세계대전이 끝난 뒤, 미국

법정에서 정식으로 기소되어 재판을 받기까지 했다.

헤밍웨이와 파운드는 스타인에게 생활면에서 도움을 받았을 뿐, 모더니즘의 내적 정신이 무엇인지 가르침을 받지는 않았고 그와 독서 토론을 하지도 않았다. 그런데 헤밍웨이는 얼마 안 가서 스타인과 사이가 틀어졌으며 그것은 그의 창작 생애에서 상당히 중요한 일이었다.

헤밍웨이는 스타인보다 거의 20년 늦게 파리에 갔고 그 20년간 유럽은 제1차 세계대전이라는 거대한 변화를 겪었다. 스타인은 제1차 세계대전이 발발한 1914년보다 한참 전인 1903년에 파리에 갔다. 하지만 헤밍웨이는 전쟁이 끝났을 뿐 아니라 이미 전쟁의 후유증이 파리를 바꾸기 시작한 시기에 그곳에 갔다. 스타인은 개성이 뚜렷하고 자기 주장이 강한 대모형의 인물이어서 헤밍웨이는 때로 그를 아예 남자 취급 하기도 하며 토클라스를 그녀의 '부인'으로 칭했다. 스타인은 사람들이 파리에 와서 가르침을 구하는 태도로 자기를 찾는 것에 익숙했다. 하지만 헤밍웨이 역시 개성이 뚜렷했으며 남들과는 달리 모더니즘 사조 형성에 참여한 스타인의 명성에도 현혹되지 않아 그의 추종자가 되지 않았다.

젊기는 했어도 헤밍웨이는 어떤 사건을 겪으며 쌓은

자신감 때문에 스타인 같은 인물 앞에서도 기죽지 않았다. 어떤 사건이란 바로 전쟁을 겪고 전쟁터에 나가 본 경험이었다. 스타인은 당연히 전쟁터에 가 본 적이 없었다. 4년에 걸친 전쟁 기간에 그녀와 다른 모더니즘 예술가들은 모두 파리 몽파르나스에서 세월을 보냈으며 그들 중 누구도 전쟁이 무엇인지 알지 못했다.

파리에 사는 동안 헤밍웨이는 심지어 몽파르나스에서 살고 싶지 않아 라탱지구에 가서 살았다. 스타인과 그녀의 추종자들이 모더니즘에 관해 나누는 이야기를 듣다가 그의 인내심은 금세 바닥났다. 전쟁의 경험 앞에서는 그들이 말하는 인간의 곤경이라는 게 아무리 예술로 탐색되고 표현되어도 모두 간접적이며 수박 겉핥기식이라는 생각이 들었다. 그들이 던지는 문제는 전쟁으로 인해 정당성을 잃고 물을 가치도 없는 것이 돼 버렸다.

헤밍웨이는 실제로 전쟁터에 나가 제1차 세계대전을 직접 경험했다. 그는 1899년생이어서 1914년 전쟁이 터졌을 때는 아직 미성년이었다. 1918년 전쟁의 마지막 해에 미국이 정식 참전했을 때도 그는 아직 스무살이 되기 전이었다. 하지만 그는 자진해서 적십자회의 호소에 부응해 전장에서 부상병을 나르는 구급차 운전병이 되었다. 소설『무기여 잘 있거라』의 앞쪽에 나오는 전쟁터 이야기는 기본적으로 자전적 성격이 강하다. 헤밍웨이는 1918년 6월 이탈리아 전선에 도착해 본격적으로 전투에 참여하여 구급차 모는 일을 맡았다. 그리고 얼마 후인 1918년 7월 8일, 적의 포격에 부상을 당했다.

헤밍웨이는 전쟁터에서 벌인 활약으로 훈장까지 받았다. 훈장 수여사를 보면 그가 자신의 상처도 안 돌보고 더 큰 부상을 당한 전우를 구호소까지 업고 갔다고 돼 있다. 『무기여 잘 있거라』에는 그가 부상을 당한 경과가 생생히 그려져 있다. 병사들의 만찬을 준비하려고 식료품을 갖고 병영으로 돌아올 때 적군이 발사한 박격포탄이 부근에서 터져 그 파편에 두 다리를 맞았다. 그런데 소설에서는 주인공이 중상을 입은 전우를 구호소로 업고 갔다는 소문이 잘못된 것임을 굳이 강조해서 서술하고 있다.

제1차 세계대전의 상처

『무기여 잘 있거라』는 제1차 세계대전 중 헤밍웨이가 실제로 겪은 일을 바탕으로 쓰였다. 부상을 입고 나서 야전 구호소로 옮겨지고 다시 밀라노로 후송돼 거기서 6개월을 보내다가 아름다운 간호사와 만난 것은 모두 19세 헤밍웨이의 실제 경험이다. 하지만 현실에서 막 스무 살이 되던 헤밍웨이는 그 아름다운 간호사와 슬픈 결말을 맞았다. 결혼할 마음을 품고 있었는데 상대방이 다른 사람과 결혼하기로 결정한 것이다. 바꿔 말해 헤밍웨이는 차였고 버림받았다. 간호사의 그 결정은 사실 이해할 만하다. 어쨌든 그녀는 헤밍웨이보다 8살이나 많았으니 틀림없이 감정이 그보다 복잡하고 경험도 훨씬 많았을 것이다.

그것은 헤밍웨이의 첫사랑이었으며 10년이 지나도록 잊을 수 없어 그는 소설을 썼다. 이해는 할 수 있어도 잊을 수는 없었던 것이다. 어떤 전쟁이든 전쟁에 나가면 생사의 전선에 있다는 것만으로 예사롭지 않은 경험이 된다. 더욱이 헤밍웨이가 나간 전쟁은 제1차 세계대전이었고 전쟁 중에 첫사랑을 겪기까지 했다. 그는 절대로 잊을 수도 미련을 버릴 수도 없었을 것이다.

제1차 세계대전은 황당한 전쟁이었다. 전쟁의 발발 원인도 황당했고, 전쟁의 전례 없는 규모도 황당했으며, 전쟁에서 주로 쓰인 참호전의 전술도 황당했다. 그런 황당함이 하나로 합쳐져 짧은 시간 동안 수백만 유럽 청년의 목숨을 앗아간 것은 더더욱 황당했다.

전쟁 전에 이미 모더니즘 사조가 일어나 인간의 행위

가 정말로 이성적인지, 정말로 의미가 있는지 성찰과 회의가 이뤄지고 있었다. 제1차 세계대전으로 인해 더 많은 이들이 이런 성찰과 회의를 하게 되었다. 전쟁은 너무나 극단적인 수단으로 크나큰 파괴를 불러왔다. 전쟁을 설명하고 합리화하는 어떤 견해도 통하지 않을 만큼 파괴 규모가 컸다. 인류의 문명에 수많은 전쟁이 출현한 이유에 대해서는 역시 그럴듯한 수많은 견해가 있었다. 심지어 전쟁에 관해 설명하고 전쟁에 대한 신념을 갖는 것 자체가 인류 문명의 특별한 성취라고까지 이야기되었으며, 거기에 얼마나 많은 지혜와 언변이 동원되었는지 모른다. 그래서 파괴와 살육도 일리가 있고 시비를 가릴 수 없는 것처럼 보이기도 했다.

그러나 전쟁에 대한 그런 수많은 이유와 신념은 제1차 세계대전의 와중에서는 전례 없이 회의와 도전의 대상이 되었다. 19세기 말, 알프레드 노벨은 '안전 화약', 즉 다이너마이트를 발명했다. 이 '안전 화약'이라는 이름은 아이러니하기 그지없다. 확실히 노벨은 예전보다 화약을 훨씬 더 안전하게 사용하는 데 크게 공헌했다. 하지만 그 결과 화약 사용이 편리해지고 확대되어 이 세계가 예전보다 훨씬 더 위험해졌다. 그 아이러니한 전개 과정을 직접 목격한 노벨은 훗날 화약 판매로 번 거액의 재산으로 노벨상을 제정했다. 노벨상의 가장 핵심적인 상은 평화상이다.

　노벨의 발명은 무기의 제조와 사용에 큰 변화를 가져왔다. 그리고 거의 같은 시대에 라이트 형제가 비행기를 발명했다. 인간이 만든 이 비행기구도 제1차 세계대전에서 처음 전투에 활용되어 전쟁의 공포와 살상력을 과거에 상상했던 것 이상으로 증가시켰다. 실제로 전쟁에 대한 과거의 모든 이론과 상상은 이 세계대전에서 죄다 효력을 잃었다. 무기의 발명과 발전이 너무 빨랐던 데 비해 그 무기를 어떻게 사용하고 제한할 것인지에 대한 사유는 미처 뒤따르지 못한 상태에서 전쟁이 터져 버린 것이다. 또 그 전쟁이 대단히 원칙이 없으면서도 얽히고설킨 방식으로 터져 버렸기 때문이기도 했다. 제1차 세계대전은 무려 30년에 걸쳐 유럽 각국이 서로 속고 속이며 아무런 공통 질서가 없는 상태에서 비밀스럽고 중첩되는 외교 활동을 벌인 결과였다. 각국은 자신의 이익을 기초로 비밀 협약을 이용해 연맹 관계를 구축했는데 마지막에 아주 사소한 충돌이 발생했고 잘못 계산된 병력이 동원되었다. 그런데 각국이 모두 연맹의 이익에 연관되어 상호 견제를 한 탓에 결국 전 유럽의 국가가 속수무책으로 말려들어 참전할 수밖에 없었다.

무기 기술의 빠른 발전으로 전쟁은 금세 교착 상태에 빠졌다. 새로운 대포, 많은 총기, 여기에 공중에서 폭탄을 투하하는 비행기까지 더해져 전장에서의 공세가 거의 불가능해졌다. 군대가 참호에서 기어 나오기만 하면 즉시 지상과 공중의 화력에 노출되어 대규모 사상자가 발생했다. 각기 참호를 지키던 양측은 어느 쪽도 상대방의 참호를 공격하지 못하고 대치할 수밖에 없었고 그런 대치 상태가 4년간 계속됐다. 후방의 젊은이들을 전선으로 보내 한쪽을 공격하면 과반수가 죽거나 다쳐 허둥지둥 후퇴했다. 그러고 나서 또 다른 한쪽을 공격해도 똑같이 과반수가 죽거나 다쳐 허둥지둥 후퇴했다. 그러다 보면 참호 속의 병력이 줄어들고 부족해져 다시 새로운 젊은이들을 보내야 했다.

전쟁이 얼마나 막대하고 공포스러운 파괴를 초래하는지 모두가 보고 느낄 수 있었다. 하지만 도처에서 집과 생명을 앗아 가는 그런 전쟁을 왜 하는지는 아무도 설명하지 못했다. 최전선에서 싸우는 병사뿐만 아니라 후방에서 아들과 형제의 죽음을 염려하는 사람도, 심지어 참전국의 정치 지도자도 설명하지 못했다. 전쟁은 정치적 이유를 잃었고 다른 의미를 잃은 것은 더더욱 말할 필요도 없었다. 그런 상태에 처해 있다면 누구도 부조리와 무력감을 느끼지 않을 수 없을 것이다.

　제1차 세계대전은 불에 기름을 붓는 격으로 모더니즘에 커다란 자극을 주었다. 이에 직접 인간의 생명을 대가로 삼는 전쟁도 아무 의미가 없지는 않게 되었다. 어떤 의미가 있었을까? 혹은 어떤 의미가 보존될 수 있었을까? 확실히 과거에는 예사롭게 받아들여졌던 일을 하나하나 다시 새롭게 사유해야 할 필요가 생겼다. 그 사유의 기점은 바로 스타인이 말한 그 "문제가 뭐지?"였다. 서둘러 답부터 생각할 필요 없이 먼저 문제를 명확히 해야 했다! 혹은 그런 부조리한 상황에서 인간은 문제에 답할 자격과 입장을 박탈당해, 반드시 한걸음 물러나 먼저 문제에 관해 사유해야만 했다.

　헤밍웨이와 스타인은 똑같이 그런 사조 속에서 살고 있었으므로 파리에서 서로 동반자로서의 우정을 나누기 쉬웠다. 하지만 모더니즘 사조에 자극을 준 주요한 힘은 어쨌든 전쟁의 상처에서 비롯되었기 때문에, 직접 전쟁을 겪은 동시에 스스로 삶을 걸고 전쟁을 고민해 본 헤밍웨이는 세계대전이 끝난 지 얼마 안 된 시점에서 스타인의 고자세를 도저히 참을 수 없었다. 그녀는 대체 무슨 근거로 누구보다 진보적인 듯한 태도를 취한단 말인가?

빙산 이론의 의미

헤밍웨이는 19세에 자진해서 참전했다. 어쩔 수 없이 전쟁에 휘말린 게 아니었다. 주변에 자원병은 혼자뿐이었다. 그가 전선에 가서 처음 맞닥뜨린 일은 폭격을 맞은 수도원에 구급차를 몰고 가서 그 안에 죽어 있던 어느 수녀의 갈기갈기 찢긴 시신을 수습한 것이었다. 시신을 든 것이 아니라 바닥에서 주웠다. 그것보다 더 죽음의 공포와 추악함이 구체화된 예는 없었다. 그런데 그는 나중에 회고하길, 그때 전장에는 어디에나 죽음이 널려 있었는데도 사람들은 이상한 환상을, 즉 남은 다 죽어도 자기는 그럴 리 없다는 생각을 갖고 있었다고 한다.

이어서 그는 박격포 포탄 파편에 맞던 순간의 강렬한 느낌을 이야기했다. 아픈 게 아니라 그 환상이 사라지면서 진작 알았어야 했던 것을 불현듯 깨달았다.

"아, 나도 죽을 수 있구나. 정말로 죽고 곧 죽을지도 몰라."

이것은 전장에서만 느낄 수 있는 것이다. 전쟁을 겪으면, 특히 그렇게 부조리한 전쟁과 그것이 가져온 무의미한 죽음의 위협을 겪고 나면 많은 일에 대해 생각과 관점이 바뀔 수밖에 없다. 거의 10년 후에 헤밍웨이가 그 전장에서의 경험을 소설로 쓴 『무기여 잘 있거라』는 사실 전쟁의 부조리한 상황에 대해 하나의 부조리한 변명을 찾아내려 한 시도였다. 우리가 그 전쟁을 무의미했다고 말할 수 없고 그도 무의미한 시선으로 전쟁을 바라볼 수 없었던 이유는 전쟁이 사랑을, 즉 전쟁을 떠나서는 생겨날 수 없었을 사랑이 싹텄기 때문이다. 그래서 아무리 큰 피해를 초래하고 아무리 많은 인명을 앗아갔더라도 전쟁은 어쨌든 의미가 있다.

헤밍웨이의 소설은 리듬이 명쾌하고 표면적으로 대단히 읽기 쉬워 보여서 절대로 조이스나 포크너를 연상시키지는 않으며 스타인의 기나긴 혼잣말 같은 소설과는 더더욱 닮지 않았다. 그래서 우리는 그와 모더니즘이 시대적·역사적·미학적 연원을 공유한다는 사실을 흔히 잊거나 무시하곤 한다.

헤밍웨이는 자신이 스타인과 똑같이 모더니즘의 거대한 조류 속에 있다는 것을 잘 알고 있었다. 다만 그는 스타인과 다른 길을 찾아 모더니즘에 대한 근본적인 관심을 표현했다. 스타인은 조이스와 마찬가지로 인간 내면의 아직 '이성적 질서화'를 거치지 않은 것을 들춰내 독자들이 평소에 습관적으로 사용하는 언어를 더 이상 믿지 않고 그 표현의 타당성을 회의하도록 했다. 헤밍웨이도 그들처럼 일반적인 일상어의 서사를 불신하고 심지어 경멸하기까지 했지만 그런 언어 이전의 의식과 관념을 캐내는 대신, 기존의 습관을 벗어나 자신만의 방식으로 정리 작업을 수행했다.

그의 방식은 바로 유명한 '빙산 이론'이었다. 이것은 물리학적 사실인데, 얼음은 밀도가 물보다 낮아서 물 위에 뜨게 마련이며 대략 10분의 1 정도의 부피만 수면 위에 노출된다. 그래서 바다를 표류하는 빙산은 드러난 모습만으로도 거대해 보이지만 그 진정한 형체는 해수면 아래 숨겨진 10분의 9의 부피인 것이다. 헤밍웨이의 소설은 언제나 빙산과도 같았다. 스타인이 서술한 입체주의 원리처럼 그것은 암시이지 설명이 아니었다. 그는 떠올라 있는 암시만 적어서 독자 스스로 설명을 찾게 했다.

헤밍웨이의 소설은 쉽고 편안한 서술 방식을 취하고 있어서 표면에 떠올라 있는 부분만 읽고 그것이 헤밍웨이가 말하려는 것인 줄 알게 된다. 하지만 그런 독법은 너무 단순하고 그래서 너무 아쉽다. 헤밍웨이의 포인트를 놓치게 되기 때문이다. 그 포인트는 읽어 내고, 상상해 내고, 마음속에서 구축해 내는 빙산의 그 90퍼센트 안에 존재한다. 읽어 내고, 상상해 내고, 마음속에서 구축해 내는 그 과정이 우리에게 크나큰 즐거움을 안겨 준다.

이것은 역시 모더니즘에 속하는 마티스*의 그림을 보는 것과 같다. 마티스는 피카소보다 더 다가가기 쉬워서 유치원생 아이도 그런 선과 색채에 친근함을 느끼고, 깔끔하고 단순한 화면에서 전해지는 그의 희열merriment과 즐거움을 직관적으로 좋아할 수 있다. 그러나 우리 어른들은 그러지 못하며 그렇게 마티스를 보는 것도 불가능하다. 마티스의 단순함은 진짜 아이의 단순함은 아니며 아이의 취향을 단순히 복제한 것도 아니다. 마티스의 그림은 확실히 표면적으로 즐거움의 미를 갖고 있어서 아이들은 그 즐거움의 미만 받아들인다. 하지만 어른은 하나의 예술 작품이 단지 그걸 표현했다고만 쉽게 믿지는 못한다. 우리는 당연히 시선을 바꿔 그런 즐거움과 미를 암시로 간주한다. 그러면 우리는 그 뒤에 존재하는 불안과 폭력을 어렴풋이 깨달을 것이다. 누구는 화면에서 어떤 비극적인 기억이 용솟음친다고 느낄 것이다.

　　마티스를 이해하고 또 헤밍웨이를 이해하려면 우리는 먼저 어떤 유형의 인간이 갖고 있는 성장 경험을 이해할 필요가 있다. 폭력이나 불확실한 요소가 가득한 환경에서 성장한 아이는 어른이 된 후, 항상 일반인과는 다른 심리 반응을 보인다. 그는 언제 가장 불안감을 느낄까? 누군가 그에

---

* Henri Matisse(1869~1954). 프랑스의 화가로 야수파의 창시자이다.

게 소리를 지를 때가 아니다. 심지어 손찌검을 할 때도 아니다. 어떤 재난이 일어났거나 소중한 뭔가를 잃어 버렸을 때도 아니며 생사의 이별을 할 때도 아니다. 뜻밖에도 모든 것이 정상적이고 완벽하며 나아가 행복한 일이 벌어지고 있을 때 그는 가장 불안해한다. "I don't deserve it."이라고 느끼며 자기가 그렇게 좋은 삶을 누릴 만한 자격이 있는지 의심한다. 그리고 틀림없이 어떤 신비한 힘이 곧 나타나서 그 모든 것을 앗아 가고 없애 버릴 것이라고 두려워한다.

당연히 나는 이 글을 읽는 사람들이 내가 무슨 말을 하고 있는지 알아듣기를 바란다. 하지만 모순되게도 몇몇 사람은 내가 이야기하는 그런 느낌을 이해하지 못하기를 은근히 바라기도 한다. 못 알아듣는 사람은 운 좋은 사람이다. 그런 사람은 모더니즘과, 헤밍웨이의 작품을 낳은 그 시대적 슬픔과 멀찍이 떨어져 있다. 전쟁이 인간에게 입힌 가장 큰 피해와도 멀찍이 떨어져 있다. 전쟁과 전장의 가장 큰 피해는 살인과 피살이 아니라 헤밍웨이가 포탄 파편에 맞는 순간 느꼈던 그것이다. 전쟁은 자기가 죽을 리 없다는, 그렇게 빨리 죽을 리 없다는 인간 본연의 청춘 본능을 앗아 간다. 전쟁은 인간이 전적으로 안전하게 위협 없이 살 수 있는 삶의 시간이 존재한다는 것을 믿지 못하게 한다.

모든 것이 조용하고 모든 일이 정상이면 인간은 초조해져 발밑이 텅 비어 있다고, 1분 뒤나 한 시간 뒤, 혹은 이튿날 어떤 무시무시한 일이 생길지 모른다고 느낀다. 또 그걸 모르기 때문에 인간은 두려움을 지울 수 없다. 그래서 변태스럽게도 인간은 오히려 재난을 마주하고 고통을 견디는 게 차라리 더 낫다. 재난과 고통은 인간을 분주하게 해서, 인간이 걱정과 두려움에 한눈팔 여지를 없애기 때문이다.

이런 특수한 심리 상태가 헤밍웨이의 '빙산 이론'을 낳았다. 그가 평온해 보이는 글을 쓰는 목적은 암시를 위해서고 밑에 깔린 끝없는 불안을 꾀어내기 위해서다. 그 심층적이고 비이성적인 불안은 직접적인 서사로는 건드려지지 않는다. 암시 기법으로 독자 스스로 찾아내게 할 수밖에 없다. 심층적이고 비이성적인 불안은 직접적으로 쓸 경우에는 이성에 의해 정리되어 더는 그렇게 위협적이지 않게 된다.

헤밍웨이든 마티스든 모두 이런 모더니즘의 근원을 갖고 있었다. 이 배경을 소홀히 하면 우리는 그들을 너무 단순하고 유쾌하게만 보게 된다. 그렇게 되면 유럽사의 맥락 아래 깃든 심층적인 정보가 다 사라지고 만다.

터프가이가 된 원인

『무기여 잘 있거라』의 화자는 시종일관 쿨하고 냉정한 태도로 신변에서 일어나는 일을 기록한다. 헤밍웨이는 그가 전쟁의 위협을 무시하지 못했고 더는 자기가 죽지 않는다고 믿을 수도 없었기에 화자의 쿨함과 냉정함은 단순히 용기의 표현이 아니라 삶의 비극적 반영임을 그를 대신해 인정했다. 이런 태도는 단순한 방식으로 설명할 수 없다. 그가 특별히 용감해서 그런 것도, 그가 특별히 대단해서 그런 것도, 그가 특별히 무감각해서 그런 것도 아니므로 궁금증을 일으키는 어떤 경험과 캐릭터의 힘을 그저 가리킬 수밖에 없다. 다시 말해 우리는 의식적으로나 무의식적으로 "어떤 처지, 어떤 힘이 한 사람에게 그런 태도를 취하도록 영향을 끼쳐, 극적이고 거대하며 공포스럽기 그지없는 일을 쿨하고 냉정하게 대하게 만드는가?"라고 의문을 제기해야 한다.

여기에서부터 오랜 연원을 지닌 '하드보일드 소설'의 전통이 발전해 레이먼드 챈들러와 대실 해밋 같은 뛰어난 탐정소설가가 나왔으며 곧장 할리우드의 '폭력 영화'와 '범죄 영화'로까지 이어졌다. 폭력 영화의 가장 큰 폭력은 열명을 무참히 때려죽이는 장면에서 발생하지 않는다. 폭력 영화에서는 폭력의 논리가 항상 배경으로만 존재하며 그 대신 언제 구현될지 모르는 잠재적 폭력과 그것으로 인한 공포가 내내 긴장감을 조성한다. 프랜시스 포드 코폴라가 연출한 『대부』에서 가장 경악스러운 폭력은 따뜻하고 아름다운 결혼식이 끝난 뒤 발생한다. 편안하고 고요한 새벽녘, 할리우드 영화 제작자의 침대 위에 피가 뚝뚝 떨어지는, 막 베어 낸 말 머리가 나타난다!

하드보일드 소설의 주인공인 '터프가이'들이 터프가이가 된 까닭은 보통 그들이 너무나 많이 폭력의 위협과 공갈을 당해서 어쩔 수 없이 속으로 이런 마음을 품었기 때문이다.

'어쨌든 사람은 바로 1분 뒤라도 죽을 수 있는 너무나 많은 기회와 너무나 많은 이유가 있고 또 죽고 나면 모든 게 무의미한데, 무엇 때문에 지금 일어나는 무슨 일에든 괜히 놀라 호들갑을 떤단 말인가? 지금 강하게 반응해 봤자 아무 소용없다. 1분 뒤에 내가 죽으면 그런 반응들이 다 웃음거리가 되지 않겠는가? 자기가 잠시 뒤에 안 죽고 오래 산다고 예견할 수 있어야만 주변 사람과 일에 강한 정서적 반응을 보이지 않겠는가?'

『무기여 잘 있거라』는 헤밍웨이의 터프가이적 태도의

기점이라고 말할 수 있다. 기점인 탓에 터프가이의 성격이 아직 좀 애매하고 어정쩡해서 할리우드에서 감정 과잉의 로맨스 영화로 촬영되곤 했다. 헤밍웨이는 정말로 그닥 감미롭지 않으며 그의 감미로움은 일종의 부득이한 감미로움이어서 항상 끝에 쓰디쓴 성분이 곁들여진다. 빙산의 떠올라 있는 부분은 조금 감미롭긴 하지만 역시 포인트는 용기를 북돋워 우리를 과감히 물속에 뛰어들게 하고 또 빙산의 수면 밑 부분이 얼마나 쓴지 맛보게 하는 데 있다.

감정 혁명

전에 라디오 프로그램에서 데이브 브루벡의 음반을 소개하다가 문득 생각이 나서 검색을 해 보았다. 데이브 브루벡은 1920년생으로 90세가 넘었는데 아직 살아 있을뿐더러 연주까지 하고 있었다. 이어서 역시 라디오 프로그램에서 칙 코리아의 타이완 공연을 소개했다. 칙 코리아는 당연히 데이브 브루벡보다는 훨씬 젊었다. 그런데 주최 측의 포스터를 보니 그에 관해 "음악계에서 활약한 지 50년이 넘었다."고 홍보하고 있었다. 아, 그렇게 오래됐나? 검색해 보니 칙 코리아는 1941년생이어서 벌써 70세였다. 내가 상상하던 장년의 재즈 연주자가 아니었다.

갑자기 강렬한 느낌이 다가왔다. 그 사람들, 그 일들, 그 물건들은 내가 자라면서 익숙했던 세계의 구성 요소지만 그 세계는 사라지고 있다. 아마도 헤밍웨이와 데이브 브루벡과 칙 코리아를 포함하는 재즈 음악, 하드보일드 소설 그리고 '모더니즘'이 존재하는 세계는 나보다 더 일찍 사라져 버릴 것이다. 갑자기 내 삶의 매우 큰 부분이, 간신히 남아 있지만 빠르게 엷어지고 녹아드는 세계를 구하려 노력하는 데 바쳐지고 있다는 생각이 들었다. 그 세계가 완전히 사라지지 않은 까닭 중 일부는 바로 나 같은 사람이 아직 살아 있고 망각을 거부하기 때문이다. 나는 아직 데이브 브루벡을 기억하고 헤밍웨이를 기억한다. 그리고 데이브 브루백의 음악과 헤밍웨이의 소설이 나와 밀접한 관계가 있다고 느낀다. 그 세계는 약간의 집요하고 끈질긴 기억에 의지하여 끊어질 듯 말 듯 계속되고 있다.

내게 그토록 친숙했던 세계가 정말로 사라질지 모른다. 언젠가 기억하는 사람도, 이야기하는 사람도, 신경 쓰는 사람도 없어지면, 설령 녹음과 책 같은 물질적인 형식으로 계속 남아 있더라도 그 세계는 사실상 사라진 것이다. 다시 말해 존재는 기억에 의지하며 기억의 부재는 철저한 소멸을 가져온다.

　내게 감회를 불러일으킨 이런 관념은 19세기 서양에서 생겨났다. 19세기 유럽에서는 갖가지 발명이 나오고 갖가지 혁명이 발발하여 과거와는 다른 삶의 환경이 만들어졌으며 그중 한 가지 중요한 변화는 '감정 혁명'이었다. 인간이 이 세계와 자신을 어떻게 느끼고 다른 사람에 대한 감정이 어떻게 생겨나며 그것을 어떻게 표현하고 또 어떻게 사랑하고 사랑받는지, 이런 내밀한 성향에 엄청난 변화가 일어났다. 오늘날 우리는 익숙한 많은 감정과 관련해 인간은 선천적으로 이러이러한 감정이 있다고 당연하다는 듯이 이야기할 것이다. 하지만 이런 말은 대부분 역사적 근거가 없다. 지금 '선천적'이라고 열거되는 감정은 대부분 19세기 유럽에 와서야 발견되고 정의되었다.

　2011년은 '민국民國 백 주년'*이었다. 그해에는 '민국'을 내건 수많은 이벤트가 떠들썩하게 벌어졌다. 그런데 유일하게 아쉬웠던 것은 그 이벤트들이 우리가 민국을 이해하는 데도, 우리가 그 백 년간 일어난 역사적 변화를 어떻게 정리하고 인식해야 하는지에 대해서도 전혀 도움이 안 된다는 것이었다. 민국은 무엇일까? 민국은 어떤 의미가 있을까? 민국 백 년의 세월은 무엇을 상징할까? 내가 보기에

---

* 타이완의 정식 명칭은 중화민국이며 중화민국의 효시는 1911년 신해혁명으로 간주된다.(옮긴이)

이 여러 가지 문제에는 한 가지 중요하면서도 흥미로운 착안점이 있다. 그것은 한 세기 동안, 역사적 시각에서는 대단히 짧은 그 시간 동안, 중국인이 서양의 감정 모델을 따라 잡으려는 대변혁을 시도했다는 사실이다.

1900년의 중국인과 1950년의 중국인은 감정적으로 완전히 다른 종류의 인간이다.

전에 천단칭*과 한한**이 대담을 하면서 바진*** 작품의 문체 수준이 너무 떨어진다고 비판하여 중국 내에서 큰 논란을 불러일으켰다. 나는 그 두 사람을 좋아하고 존중하며 바진의 문체가 별로 안 좋다는 것에도 동의한다. 하지만 그들이 바진을 바라본 각도는 사실 중심에서 크게 벗어났다.

바진의 '격류 3부곡', 즉 『가』, 『봄』, 『가을』秋의 진정한 의의는 얼마나 아름다운 구어문을 구사했느냐가 아니며 심지어 얼마나 대단한 소설을 썼느냐도 아니다. 그것보다는 이 소설이 그 시대의 가장 중요한 충돌, 즉 젊은 세대와 그 윗 세대의 충돌을 파악했다는 점이다. 사실 그것은 두 세대

---

* 陳丹青(1953~). 중국의 화가·작가·문예평론가. 티베트 회화 연작으로 유명하며 10여 권의 문예 저작도 있다.(옮긴이)
** 韓寒(1982~). 중국의 작가·영화감독·프로 카레이서. 고등학교를 중퇴한 후 출판한 소설 『삼중문』으로 일약 스타 작가가 되었고 이후 잡지 편집장·영화감독·프로 카레이서 등으로 활약하면서 지속적으로 중국 내 사회 문제를 비판해 왔다.(옮긴이)
*** 巴金(1904~2005). 중국에서 대문호로 인정받는 소설가. 1920년대에 혁명 운동과 프랑스 유학을 경험했고 무정부주의자로 활동하면서 격류 3부곡과 『차가운 밤』 등 수많은 작품을 남겼다.(옮긴이)

의 서로 다른 감정 모델 사이의 충돌이었다. 가정에서 두 세대의 핵심적인 차이는 감정에 대한 인지를 둘러싸고 부각되었다. 윗 세대에 대한 아래 세대의 반항과 혁명의 원동력은 "왜 당신들에게는 진실한 감정이 없죠?"라는 통절한 질문에서 비롯되었다.

하지만 역사의 변화에는 아이러니가 가득하다. 바진의 세대는 그토록 열렬히 새로운 감정 모델을 받아들이고 추구했으며 삶의 가장 핵심적인 진리로 간주했지만, 훗날 나이가 들었을 때 자신들을 비판하는 다음 세대의 똑같은 눈빛과 "왜 당신들에게는 진실한 감정이 없죠?"라는 똑같은 질문을 피해 가지 못했다. 이것은 감정 모델의 혁명이 줄곧 변동 중이었으며 한 세기 동안 중국인을 뒤덮으면서 험난하게 진행되었음을 말해 준다.

중국의 감정 혁명을 이끈 선구자

'민국'의 역사, 특히 그 전반기의 역사에는 눈에 띄는 주제가 하나 있는데, 중국의 철학자 리쩌허우의 말을 빌리면 그것은 '구국救國과 계몽의 이중 변주'라고 불린다. 이것은 두 가지 강력한 동기 사이의 밀고 당김을 뜻한다. 한쪽은 구국이 먼저라고 주장했으며 다른 한쪽은 계몽이 더 중요하고 근본적이라고 강조했다. 양쪽의 견해는 모두 거대한 열정에 불을 붙였다.

처음에는 서양 제국주의의 침략과 맞닥뜨리고 그다음에는 한쪽에서 일본이 호시탐탐 기회를 노린 탓에 중국은 여러 차례 망국의 벼랑 끝에 섰다. 그랬으니 당연히 구국과 생존을 도모하자고 부르짖는 이들이 생겨났다. 하지만 다른 한편으로 중국이 그렇게 깊은 위기에 빠진 것은 국민이 너무 무지하고 어리석기 때문이므로 반드시 그들에게 현대적인 지식을 주입해야 하며, 그렇게 하지 않으면 나라를 구할 수 없고 설령 이번에 구하더라도 다음에 다시 똑같이 능멸과 위협을 당한다는 분석을 한 이들도 있었다.

이 '계몽파'는 적극적으로 백화문(구어문) 사용을 제창하여 누구나 쉽게 글자를 알아보고 지식을 흡수할 수 있도록 해야 한다고 주장했지만 이것은 '구국파'가 보기에는 긴급한 일이 아니었다. 지금 국민이 어리석은 게 문제라 해도 국가가 먼저 망해 버리면 어떻게 계몽을 한단 말인가? 구국파는 불가피하게 강한 엘리트적 태도를 갖고 있었으며 국민 개조와 사회 개혁을 기다릴 수가 없었다. 우선 안목과 능력을 지닌 엘리트들이 정확한 방향을 제시하고 국민들을 이끌거나 심지어 따라오도록 강요하여, 집단의 통일된 행위로 먼저 나라부터 부강하게 하자는 생각이었다.

사실은 계몽도 구국의 수단이기는 했지만 사안의 선후와 경중에 대한 판단 차이로 인해 계몽파와 구국파 사이에는 고도의 긴장 관계가 형성되었고 수십 년에 걸쳐 논쟁과 대립이 이어졌다. 1949년 중화인민공화국의 수립은 어떤 의미에서는 구국파의 승리를 상징했다. 여전히 대다수가 문맹인 농민들을 구성원으로 삼은 새로운 국가의 출현은 새로운 희망을 가져왔다.

하지만 단순히 계몽과 구국의 대립과 힘겨루기로 이 기간의 역사를 정리한다면 너무나 많은 것들을 빠뜨리게 된다. 예를 들어 쉬즈모*도 빠뜨릴 수밖에 없다. 쉬즈모는 계몽파에도 구국파에도 속하지 않았지만 매우 중요한 인물이었다. 그리고 저우쭤런** 같은 사람도 집어넣을 자리가 없다. 그가 쓴 소품문***들은 구국에도 계몽에도 속하지

---

* 徐志摩(1897~1931). 중국 현대시의 개척자로 꼽히는 낭만주의 시인. 미국과 영국에 유학했고 귀국 후 각 대학에서 재직하며 많은 작품을 썼다. 인도 시인 타고르(Rabindranath Tagore)를 중국에 소개하는 데 공헌하기도 했으며 1928년에는 중국 현대시의 중요한 유파인 신월파(新月派)를 조직했다.(옮긴이)

** 周作人(1885~1967). 루쉰의 동생으로 일본에서 영문학과 그리스어 등을 배웠고 루쉰과 공동으로 유럽 근대문학을 번역·출판했다. 1924년 루쉰 등과 함께 유명한 수필 유파 '어사사'(語絲社)를 결성해 이후 빼어난 많은 수필을 발표했다. 하지만 중일전쟁 때 친일 괴뢰 정부인 왕징웨이(汪精衛) 정권에 부역하여 전후에 전범으로 투옥됐으며 출옥 후에는 베이징에서 계속 번역 작업을 했다.(옮긴이)

*** 일상생활에서 보고 느낀 것을 자유로운 필치로 간단히 적은 수필.(옮긴이)

않는다. 이런 사람들은 남들이 전전긍긍하며 구국과 계몽을 염려할 때 그저 자연을 감상하며 생활의 정취를 추구했는데도 뜻밖에 당시 큰 명성을 누렸다. 이것은 도대체 어떻게 된 일이며 또 여기에는 어떤 이치가 숨어 있는 걸까?

나중에 정리되어 나온 역사 서술에서 벗어나 그 시대 사람들의 감수성을 복원해야만 우리는 비로소 이 문제에 답할 수 있다. 그 시대 사람들이 보기에 쉬즈모와 바진 사이에는 그렇게 명확한 경계선이 없었다. 후스*와 천두슈** 사이에도 역시 명확한 경계선이 없었다. 그들은 모두 같은 혁명 세대에 속했으며 혁명 조류 속에서 선도적인 인물이었다. 당시 사람들은 쉬즈모의 글을 읽어도 량치차오***·

---

* 胡適(1891~1962). 중국의 학자, 교육가로 미국 유학 시절 잡지를 통해 백화문 운동을 제창해 문학혁명의 계기를 만들었고 1917년 귀국 후에는 베이징대학 교수로 취임하여 과학과 민주주의를 표방하는 계몽운동의 중심인물로 활약했다. 중화인민공화국 수립 직전인 1948년 타이완으로 건너가 중앙연구원 원장 등 요직을 역임했다.(옮긴이)
** 陳獨秀(1879~1942). 일본과 프랑스에서 유학한 뒤 1916년 상하이에서 잡지 『신청년』을 창간해 5·4 신문화운동의 사상적 근거를 마련했다. 그리고 1921년 중국 공산당 창당을 주도했으며 코민테른의 지시 아래 중앙 총서기로서 국민당과의 합작을 이끌었지만 1927년 국공합작의 결렬로 총서기직에서 축출되었다.(옮긴이)
*** 梁啓超(1873~1929). 중국 청말, 중화민국 초의 계몽 사상가이자 문학가. 어려서 전통 교육을 받았지만 서양 서적을 보고 생각이 크게 바뀌어 캉유웨이(康有爲)와 함께 여러 나라 서적을 번역하고, 신문과 잡지를 발행했으며, 정치 학교를 개설하는 등 혁신 운동을 펼쳤으며 신사상을 소개하고 구사상을 배격하는 정치 논설로 사회에 큰 파장을 일으켰다. 변법자강운동의 실패로 일본에 망명한 뒤에도 계속 『청의보』(淸議報), 『시무보』(時務報) 등을 통해 계몽 활동을 전개했다.(옮긴이)

후스·루쉰의 글을 읽을 때와 마찬가지로 충격과 감동을 받았다.

쉬즈모가 거둔 혁명의 효과는 후스에 뒤지지 않았다. 량치차오와 후스가 같은 맥락에서 추진한 것이 지식 혁명이었다면 쉬즈모는 감정 혁명을 추진한 선도자였다. 계몽 논리는 중국을 구하려면 먼저 중국을 개조하여 서양과 같은 현대 국가로 탈바꿈시켜야 한다는 것이었다. 그리고 중국을 개조하려면 서양의 과학기술을 배워야 했는데, 먼저 정치제도의 개혁을 수행하지 않으면 과학기술은 중국에서 뿌리내릴 기회를 가질 수 없었다. 하지만 먼저 국민의 의식과 지식수준을 바꾸지 않으면 새로운 정치제도 역시 효과적으로 이식시킬 수 없었다. 그래서 수십 년간의 실험과 실천이 이어졌는데도 한발 한발 뒤로 물러나 1919년 전후의 '5·4 시기'에 이르러서는 루쉰이 말한 '국민성'까지, 다시 말해 먼저 국민의 정신을 개조해야 하며 정신 개혁이야말로 모든 것의 근본이자 모든 것의 기점이라는 주장으로까지 후퇴하고 말았다.

후스는 '모든 가치의 재평가'라는 말을 즐겨 사용했고 '과학적 방법'과 '과학적 태도'에 관해 논의하는 것을 좋아했다. 이것은 단지 지식 차원의 개혁이 아니라 정신적 차원의 개혁이었다. 쉬즈모는 후스보다 좀 더 철저했을 뿐만 아니라 좀 더 매력적이기도 했다. 그는 후스처럼 정신의 원리를 이야기하는 대신에 자신의 정신, 매우 색다른 낭만적인 정신을 글로 나타냈다. 이것은 수많은 독자에게 인간이 살아가는 또 다른 방식과 강한 열정 속에서 속박되지도 위축되지도 않는 새로운 삶의 본보기가 된 것과 같았다. 이런 삶 그리고 이런 삶에서 투영되는 낭만적인 감정은 그전까지 중국에는 없었으며 심지어 중국의 전통 사회에서는 독사나 맹수처럼 여겨져 어떻게든 제거해야만 하는 것이었다.

제자를 혼낸 량치차오

쉬즈모는 루샤오만陸小曼과 결혼하면서 자신의 스승 량치차오를 결혼식 증인으로 초대했다. 그런데 축사를 하면서 량치차오는 천만뜻밖에 성난 표정으로 신랑 신부를 혼냈다.

즈모와 샤오만, 두 사람은 다 재혼이니 여기서 내 한 가지 바람을 이야기하기로 하지. 두 사람은 절대로 다시 헤어져서는 안 되네. 결혼은 인생의 대사이니 절대로 아이들 장난처럼 생각하면 안 돼. 요즘 젊은이들은 말끝마다 사랑을 찬양하는데, 시험 삼아 물어 보지. 사랑이 뭐라고 생각하나? 이건 미혼 남녀 사이에서나 말할 여지가 있네. 아내가 있는 사람, 남편이 있는 사람이 분수에 안 맞게 사랑을 하는 것은 법도에 어긋나네. 내 한 번 묻겠네, 두 사람은 자신의 이른바 행복을 위해 전남편과 전처를 버리는 과정에서 그들의 행복은 생각해 본 적이 있는가?

공자께서는 자기가 원치 않는 일은 남에게도 하게 해서는 안 된다고 하셨지. 이 말은 당연히 봉건사상에 속하지 않을 것이네. 다른 사람의 고통 위에 세운 행복이 뭐가 그리 명예롭고 영광스럽겠나?

즈모, 자네는 성정이 경박해서 학문 쪽으로 이룬 게 없고 또 한 사람에게 정을 쏟지 못해 이혼과 재혼에 이르고 말았지. 샤오만! 자네는 열심히 사람 노릇을 하고 아내로서의 역할을 다해야 하네. 자네는 앞으로 즈모가 하는 일을 방해해서는 안 돼. (……) 두 사람은 다 이혼을 하고 다시 결혼하는 것이니 서로에게만 감정을 쏟도록 하게. 앞으로 통렬히 반성하고 새 사람이 돼야 하네! 부디 이번이 두 사람의 마지막 결혼이 되기를 바라네!

그 후에 량치차오는 아들 량쓰청梁思成과 며느리 린후이인*에게 보낸 편지에서 자신이 결혼식에서 그런 말을 한

---

* 林徽音. 사실 쉬즈모는 24세에 유부남의 몸으로 런던에서 17세의 린후이인을 만나 뜨겁게 구애한 적도 있었다. (옮긴이)

이유에 관해 더 자세히 설명했다.

애들아, 나는 어제 정말로 하고 싶지 않은 일을 했다. 쉬
즈모의 결혼식 증인이 돼 주었다. 그의 신부는 왕서우칭
王受慶의 부인이었는데 즈모와 사랑에 빠져 이혼을 당했으
니 실로 부도덕의 극치인 셈이지. 내가 누차 즈모에게 경
고했지만 소용이 없었다. 후스와 장펑춘**이 극구 사정
하며 즈모를 좀 봐 달라고 하는 바람에 결국 증인이 돼 달
라는 부탁을 수락하고 말았다. 결혼식장에서 내가 한바탕
훈계의 말로 크게 꾸짖는 통에 신랑 신부뿐만 아니라 장
내에 가득한 손님들까지 전부 아연실색했지. 아마 동서고
금에 이런 결혼식이 있었는지는 아무도 못 들어 봤을 게
야. 그때 뭐라고 꾸짖었는지 그 원고를 지금 너희에게 부
치니 한번 보도록 해라. 젊은 사람이 감정적 충동으로 절
제를 못하고 임의로 예법의 그물을 찢는 것은 사실 스스
로 고뇌의 그물 속에 뛰어드는 것과 같으니 실로 애통하
고 가련하구나. 쉬즈모 이 자는 사실 똑똑해서, 나는 그를
대단히 아낀다. 이번에 그가 파멸에 빠지는 것을 보면서
그를 구해 주고 싶어 나도 노심초사했다. 내 오랜 친구들
을 보면 그의 이번 행동에 대해 깊이 혐오하지 않는 사람

** 張彭春(1892~1957). 교육가이자 연극 연출가. 미국 컬럼비아대
학에서 교육학과 철학을 전공했고 귀국 후 난카이대학 교수, 칭화대
학 교무처장을 역임했다.(옮긴이)

이 없다. 그가 앞으로 사회에서 배척을 받는다고 해도 그것은 자업자득이니 남을 탓할 수 없다고 생각한다. 하지만 이 사람이 너무 아깝고 혹시 자살이라도 하면 어쩌나 싶구나. 나는 또 그가 그런 여자를 반려자로 삼는 것을 보면서 향후 그의 고통이 더 무한해지지 않을까 두려웠다. 그래서 그 여자에 대해 따끔하게 경고하여 즈모가 깨달음을 얻기를 그리고 그녀가 향후 그를 죽도록 고단하게 만들지 않기를 바랐다. 하지만 아마도 내 어리석은 노파심일 뿐이겠지…….

"아내가 있는 사람, 남편이 있는 사람이 분수에 안 맞게 사랑을 하는 것은 법도에 어긋나네."와 "젊은 사람이 감정적 충동으로 절제를 못하고 임의로 예법의 그물을 찢는 것은 사실 스스로 고뇌의 그물 속에 뛰어드는 것과 같으니 실로 애통하고 가련하다."가 바로 량치차오가 쉬즈모를 질책한 주된 이유이다. 역시 인륜과 예법이 사랑보다 우위에 있다는 가치관이 바탕에 깔려 있다. 바꿔 말해 쉬즈모와 량치차오 사제, 이 두 세대 간의 가장 큰 차이와 충돌은 역시 감정을 어떻게 바라보느냐에 있었다.

량치차오가 서양 문화를 이해하고 중국에 소개한 것

은 모두 공적 차원의 일이었다. 그는 소설 읽기를 제창하기도 했지만 그 의견은 '소설과 군치群治의 관계를 논함'이라는 제목의 글 속에 있었다. 그리고 이 글은 또 넓은 의미에서 그의 국민국가 담론인 '신민설'新民說의 일환이었다. 소설을 읽으면 그 속의 지식을 얻고 공공의식을 향상할 수 있어서 '군치', 즉 국민의 통치에 도움이 되고 '새로운 국민'을 만들어 내는 데도 도움이 된다고 주장했다.

량치차오의 '신민'은 당연히 '공적 인간'이었으며 그 자신도 평생 공적 인간의 신분과 입장에서 발언했다. 쉬즈모의 결혼식에서 발언할 때도 마찬가지였다. 그런데 쉬즈모는 똑같이 서양의 사상과 문화를 많이 흡수했지만 량치차오보다 훨씬 더 멀리 나아갔다. 그는 중국 전통 사회에는 부족했던, 량치차오를 비롯한 중국인에게는 극도로 낯선 사적인 감정 세계를 만들어 냈다. 공적인 관심 영역에서 량치차오는 맨 앞에 나서서 가능한 한 서양식의 '공적 인간'을 창조하려 노력했다. 그러나 사적 영역에서 그는 여전히 중국인의 한계에서 못 벗어났기 때문에 쉬즈모가 드러내고 본보기가 된 낭만적 감정을 참아 내지 못했다.

이번에는 루쉰을 살펴보자. 루쉰의 작품 중에는 감정의 혁명적 전환을 건드린 중요한 소설이 적어도 두 편이 있다. 한 편은 「약」藥으로, 혁명 지사가 목이 잘리는데 일반인들은 개의치 않고 혁명의 전후사정과 혁명 지사가 희생되는 이유도 이해하려 하지 않으며 그가 자신들을 구제하려고 목숨을 바친다는 것조차 모른다고 이야기한다. 그들이 자나 깨나 잊지 않는 것은 그저 사형장에서 무슨 수를 써서든 밀가루빵에 죽은 혁명 지사의 피를 묻혀서 가져와 폐병 환자의 약으로 쓰는 것뿐이다. 이 소설은 풍자적으로 '약'이라는 제목을 취했고, 이는 루쉰이 과거에 의학을 공부할 때 얻은 깨달음에서 비롯되었다. 그 깨달음은 바로 사람을 치료하는 약과 사회를 치료하는 약 중 어느 것이 더 중요한가에 관한 것이었다. 이들이 그렇게 정성껏 피 묻힌 밀가루 빵을 구해 약으로 먹고 목숨을 건진다 한들 그게 무슨 의미가 있겠는가? 정말로 사회를 치료할 수 있는 것은 혁명인데도, 정상적 감정이 부족하고 뜨거운 피에도 감동을 못 받는 사회에서는 혁명에 열정을 바친 열사도 그런 취급을 받을 수밖에 없었다.

「약」과 서로 호응하는 것이 『아큐정전』의 결말이다. 그것도 목을 베는 장면이다. 아큐는 호송 수레를 타고 거리에서 조리돌림을 당하며 사형장으로 간다. 그는 갑자기 관중을 향해 뭔가 한마디 해야 할 것 같아 어디서 들은 말을 흉내 내 "20년 뒤에 다시 태어나……"라고 말한다. 그러자 인파 속에서 갈채가 쏟아져 나왔다. 여기에서 루쉰은 특별히 그 소리가 마치 늑대의 포효 같았다고 써서 아큐가 전에 굶주린 늑대를 만났던 공포스러운 경험을 떠올리도록 한다. 그들은 굶주린 늑대처럼 아큐를 잡아먹으려 기다리고 있었다.

루쉰이 「약」과 『아큐정전』 속에 살인과 사람 목을 베는 장면을 삽입한 이면에는 한 가지 대비가 들어 있다. 서양이 19세기에 죽음을 대하던 방식과 중국인이 죽음을 대하던 방식을 대비함으로써 자신의 비난과 혐오를 풍자적으로 표현했다. 루쉰에게는, 루쉰보다 좀 더 젊은 세대의 진보적인 청년들에게는 죽음은 그렇게 경박해서도, 나아가 그렇게 저속해서도 안 되는 것이었다. 그들은 자신들의 사회가 너무나 불가사의했다.

"당신들은 왜 죽음 앞에서조차 조금도 진지하지 않고 슬퍼하지도 않는 거죠?"

죽음을 어떻게 대하느냐도 감정의 현대적 혁명에서 두드러진 부분이었다.

죽음을 대하는 새로운 방법

죽음에는 그 자체의 역사가 있다. 서로 다른 시대, 서로 다른 사회마다 서로 다른 태도로 죽음을 대했다는 뜻이다. 죽음의 이미지와 의미는 줄곧 변했다. 19세기 유럽에서는 동양과 다를 뿐만 아니라 과거의 유럽과도 다른, 죽음을 대하는 새로운 방법이 발전했다. 이것은 후대에 대단히 심원한 영향을 끼쳤다.

변화의 근원은 역시 신의 관념에서 왔다. 서양 문명에서 신이 그토록 중요했던 이유는 신이 매우 유용했기 때문이다. 오랜 세월, 인간은 이해 안 되고 해결할 수 없는 일을 신에게 미뤘다. 신과 속세에서 그를 대표하는 교회는 반드시 답을 제시해 주었다.

18세기와 19세기에 이성이 크게 발전하여 신의 권위를 의심하고 나아가 전복한 것은 분명 진보이기는 했지만 필연적으로 엄청난 실망감이 뒤따랐다. 어떤 일이든 신이 뒤에서 꼭 답을 주고 해결해 줄 것이라는 신뢰와 안정감이 사라져 버린 것이다. 나중에 사람들은 앞으로 나아가지 못한 채 낡은 신념을 계속 고집한 이들을 돌아보며 비웃곤 했다. 그들은 지구가 여전히 우주의 중심이라 믿고 지구가 태양의 주위를 도는 것을 믿지 않았다. 하지만 낡은 신념을 버리는 것이 그들에게 얼마나 큰 충격을 주었을지, 또 그에 따라 얼마나 새롭게 적응했어야 하는지 우리는 가늠하지 못한다. 그것은 단순히 지구가 태양 주위를 돈다는 사실을 받아들이는 것으로 끝나지 않았다.

그것은 머리칼 한 오라기를 당겨도 온몸이 움직이는 것과 같은 이치였다. 역사를 보면 희한하게도 새로운 사실을 믿지 않으려는 사람들이 변화를 꺼안으려는 사람들보다 더 또렷하게 변화의 발전을 예견하곤 했다. 그들이 태양이 우주의 중심이라는 사실을 믿지 않으려 한 것은 변화가 태양을 중심의 위치에 놓는 것으로 끝나지 않으리라는 것을 잘 알았기 때문이다. 하나의 변화는 또 다른 변화를 낳고 전체 시스템의 존재를 위협한다. 만약 지구가 태양을 도는 게 맞고 태양이 지구를 돌지 않는다면 태양과 비교해 지구는 상대적으로 중심이 아니며, 그렇다면 그다음 문제가 또 뒤따르는 것을 막을 수 없다. 왜 이 끝도 없는 우주에서 신은 굳이 태양계의 3번째 궤도에 처박혀 있는 행성을 택해 거기에 자신의 형상과 닮은 인류를 창조했을까? 이전에는 태양이 지구를 돌고 지구가 우주의 중심이라는 것을 믿었으므로 이런 게 문제 될 일이 없었다. 신은 우주의 중심에 있는 게 당연하기 때문이었다. 일단 지구가 태양을 돈다고 하면 본래 자명하기 그지없던 천지창조설에 특별한 설명과 해석이 덧붙여져야 했다.

천문학적 사실을 받아들이기를 거부한 사람들은 그 사실을 발견하고 주장한 사람들보다 더 잘 알고 있었다. 일단 그 사실을 다들 인정하기만 하면 단지 신의 권위가 훼손되는 정도가 아니라, 유기적으로 조합된 천지창조설 전체가 조만간 와르르 무너지리라는 것을 말이다. 확실히 18세기에 계몽운동이 일어난 후로 신의 역할은 크게 줄었고, 그래서 많은 공백이 생겼으며, 거기에 다시 새로운 내용을 채워야만 했다.

죽음을 예로 들어 보자. 과거 서양 기독교 전통에서는 죽음이 아주 중요하지는 않았다. 당연히 짙은 슬픔과 강한 고통이 뒤따르기는 했지만 신이 있고 믿음 속의 또 다른 세계가 있었기 때문에, 죽음은 절대적이지 않았으며 중간에 신과 교회가 보장하는 연속성이 존재했으므로 삶과 죽음이 철저히 단절돼 있지는 않았다. 신이 있고 천국과 지옥이 있으면 죽음은 생명이 차를 갈아타는 플랫폼에 지나지 않는다. 예컨대 내가 친구와 함께 타이완의 산셴山線 열차를 탔는데 주난竹南역에서 친구 혼자 하차해 건너편 플랫폼으로 건너가 하이셴海線 열차로 갈아탔다고 해 보자. 이제 남하하는 산센 열차에는 친구가 없지만 나는 그를 걱정할 리 없고 그리워할 리도 없으며 그 때문에 괴로워할 리는 더더욱 없다. 왜냐하면 그가 하이셴 열차에 있고 지금쯤 다안大安역을 지나 다자大甲역으로 간다는 것을 상상으로 알기 때문이다. 나는 그를 볼 수 없고 그는 내가 탄 열차에 없지만 그래도 그는 존재한다. 단지 다른 열차로 옮겨 갔을 뿐이다.

신의 존재를 통해 인간은 인간세계를 떠나 천국이나 연옥이나 지옥으로 갔다. 단테는 『신곡』의 「천국편」에서 길을 인도하는 천사가 된 베아트리체의 입을 빌려, "인간은 천사와 마찬가지로 신의 형상에 따라 만들어졌기 때문에 다른 생물과 무생물에게는 없는 특징이 있답니다. 그것은 영원히 존재하는 거예요. 사후에도 영혼의 형식으로 천국이나 연옥이나 지옥에 존재할 수 있지요."라고 설명한다.

지옥은 으스스하게 들리긴 하지만 잘 생각해 보면 지옥이 있는 게 없는 것보다 낫지 않을까? 지옥에 가는 것은 그저 삼등 열차를 탄 것에 불과하다. 주난역에서 환승할 때 등급이 제일 낮은 열차로 갈아타서 속도가 느리고 사람들로 미어터지는 것과 같다. 역마다 빠짐없이 서는 데다 객차 안이 지저분하기 그지없다. 승객들은 아무 데나 침을 뱉고 화장실 냄새가 진동해서 숨을 쉴 수가 없다. 하지만 이렇게 불편하기는 해도 역시 본질적으로는 열차를 갈아탄 것일 뿐이다.

그러나 신이 사라진다면, 덩달아 천당·연옥·지옥처럼 사후에 갈 수 있는 곳까지 사라진다면 죽음은 어떻게 변할까? 죽음은 행로를 잃고 그 자체가 된다. 더 이상 그저 전환점이 아니며 지나칠 수 없는 일이 돼 버린다. 이때 죽음은 종점, '노 모어'No more, 딱 거기까지이다. 그리고 서양 문화와 대부분의 인류 문화는 '노 모어'를 사유하는 데 익숙지 않았다.

어느 천문학자가 우주의 신비에 관해 강연한 적이 있다. 빅뱅에서 시작해 우주의 필연적인 수축을 거쳐 우주의 종말까지 이야기했다. 그런데 계속 듣다가 눈을 감고 막 졸기 시작하던 청중 한 명이 갑자기 눈이 휘둥그레져서 벌떡 일어나 질문을 던졌다.

"방금 우주가 몇 년 후에 소멸한다고 하셨죠? 단위가 100만이었나요, 10억이었나요?"

강연자가 "10억이었습니다."라고 하자, 그 사람은 안심한 듯 고개를 끄덕이고 다시 앉았으며 얼마 후 또 졸기 시작했다. 인간의 수명을 기준으로 생각하면 수백만 년과 수십억 년이 무슨 차이가 있는가? 하지만 우주의 종말과 모든 것의 종말이 우리를 극도로 불안하게 하고 우리의 생각을 마비시켜, 우리는 수백만 년을 너무 가깝다고 느끼고 수십억 년은 돼야 비로소 멀게 느껴 마음을 놓는 것이다. 관건은 우리가 생각하고 싶어 하지 않는 것, 다시 말해 소멸의 종점을 생각할 마음의 준비가 터무니없이 부족한 것이다.

보통 사람이 물리학을 접하고 오늘날의 물리학이 우주의 기원과 우주 소멸의 시간을 자신 있게 추산할 수 있을 만큼 발전한 것을 안다면 아마 100명 중 99명은 못 참고 "그러면 우주가 시작되기 전에는요? 또 우주가 소멸된 후에는 어떻게 되죠?"라고 물어볼 것이다. 하지만 우리에게는 절대의 범위를, 즉 존재 이전과 존재 이후의 시간을 사유할 방법이 없다. 그리고 그 질문을 하는 100명 중 99명 외에 질문을 안 하는 나머지 한 사람은 누구일까? 바로 물리학자이다. 그는 특별한 머리를 지녀야 하며 시간을 독립적이거나 영원히 존재하는 것이 아닌, 공간의 계수로 간주할 수 있어야 한다.

생존을 바탕으로 삼은 생명 철학

'죽음 이후'가 사라지면 어떻게 죽음을 사유하고 이해해야 할까? 일찍부터 신에 대한 믿음에 의지해 그 '이후'를 제공

받던 사람들에게 그것은 엄청난 시험이었다. 당연히 어떤 철학자는 인간이 신에 대한 믿음이 주는 거짓 위로와 용감히 결별해야 하고 명명백백히 "노 모어는 노 모어이자 마침표다."라는 것을 받아들여야 한다고 주장했다. 죽음 이후는 무이며 공허라는 것이다. 19세기 철학의 동향은 실존 철학의 부상과 허무주의의 형성 그리고 모더니즘의 내향적 발전에 이르기까지 모두 죽음의 새로운 의미와 연관되었다.

인간은 어쩔 수 없이 죽음에 관해 사유했고 죽음의 필연, 죽음의 절대성 그리고 죽음에는 '이후'가 없다는 사실과 죽음에 뒤따르는 '낫씽 모어'nothing more 위에서 새롭게 철학을, 특히나 인간의 생존을 바탕으로 삼은 생명 철학을 만들어 낼 수밖에 없었다. 만약 우리의 의식, 우리의 생명, 우리가 가진 모든 것이 『신곡』에서처럼 다양한 형식으로 영원히 보장되지 않고 수십억 년이 아니라 수십 년 뒤, 절대적인 소멸의 종점에 다다른다면 어떻게 해야 하는가? 새롭게 찾아든 그 혼란의 그림자 속에서 수많은 이들이 각양각색의 사유를 수행하고 각양각색의 답을 제기했으며 또 새로운 답에서 더 많은 문제가 파생되었다.

그 그림자의 전제는 신의 부재였다. 신이 부재함으로

써 동시에 또 다른 세계와 사후의 구원이 없어졌다. 그래서 만약 구원이 있다면 현생에서 일어나야 할 수밖에 없게 되었다. 우리의 죄, 우리의 회개, 우리의 구원은 모두 이 짧디짧은 인생 안에서 일어나며 그렇지 않으면 아예 없거나 때늦은 것이다. 이런 배경 아래 그중 또 다른 방법이 출현하여 '내세'after-life가 새롭게 정의되고 묘사되었다. 사후에 인간이 계속 살아 있을 수 있다면 그것은 천당이나 연옥 혹은 지옥에서 사는 게 아니라 다른 사람, 즉 아직 살아 있는 사람의 기억 속에서 산다는 것이다. 이것이 바로 죽음 이후에도 삶이 연속되는 방식이며, 심지어 유일한 방식이다.

이는 서양 문명에서 거대한 시험이자 거대한 전환이었다. 먼저 구원이 있다면 현생에서 완성될 수밖에 없음을 인정했고 그다음으로 '사후의 삶'이 있다면 기억을 통해, 즉 다른 사람의 기억과 기록 속에 남을 수밖에 없음을 인정했다.

19세기 서양은 이런 사상적 전환점에 서 있었으며 두 가지 사안이 그들의 관심의 초점이 되었다. 첫째는 인간이 겨우 가질 수 있는 현세this-life에서 우리가 어떻게 유한한 시간을 지배하고 충분히 활용하느냐는 것이었다. 다시 말해 인간은 무엇을 해야 이 유한한 일생을 잘 보냄으로써 자기 자신에게 '의미 있는 위안'을 줄 수 있느냐는 것이었다. 괴테의 시극『파우스트』는 19세기 유럽에서 가장 사랑받고 가장 광범위하게 읽힌 문학 작품이다. 괴테는 30여 년에 걸쳐『파우스트』1·2부를 저술했다. 하지만 19세기 유럽 독자들은『파우스트』2부는 거의 읽지 않았다.『파우스트』는 각양각색의 문학예술 작품을 파생시켰고, 역시 각양각색의 문헌에서『파우스트』를 인용했지만 대부분『파우스트』1부에서만 소재를 취했다.

왜 그랬을까? 상식적으로 2부에 결말이 있지 않은가? 더욱이 2부에서는 파우스트가 시공을 뛰어넘어 고대 그리스 최고의 미녀 헬레네와 사랑을 하는 아름다운 환상이 펼쳐지고, 또 성모 마리아가 현신하는가 하면 파우스트의 영혼이 천사들에게 둘러싸여 천국으로 안내되는 숭고한 구원도 있다. 이런 내용이 왜 당시의 독자들을 감동시키지 못했을까?

왜냐하면 1부가 더 재미있고 19세기 유럽의 사상적 분위기에 더 가까웠기 때문이다. 1부는 파우스트가 악마 메피스토펠레스의 인도로 이 세계의 현실 속에서 갖가지 극단적인 경험을 하는 것을 서술한다. 가장 중요하고 가장 많은 분량을 차지하는 것은 당연히 그와 그레트헨 사이의 로맨스이다. 현세에서의 추구와 그 추구가 불러오는 강렬하고 극단적인 느낌이 어렴풋한 궁극적 구원보다 훨씬 더 19세기 독자들의 구미에 맞았다.

19세기 서양인들이 관심을 가진 두 번째 사안은 사후에 다른 사람이 어떻게 자신을 기억하느냐였다. 이 두 번째 관심은 첫 번째 관심에 곧잘 영향을 주곤 했다. 누가 현세에서 경험하는 것은 좋든 나쁘든, 가볍든 무겁든 새로운 판단 기준이 적용되었는데, 그것은 바로 어떤 일들이 그 사람의 사후에 기억되고 또 어떤 방식으로 기억되느냐였다. 그리고 이 두 가지 관심의 연결점은 현세의 경험 중 가장 중요하고 가장 극적인 상황인 사람이 죽는 그때, 완전한 소멸을 앞둔 그때 어떻게 죽고 또 왜 죽느냐는 것이었다. 만약 누가 어떤 목표를 위하여 생명을 바치기로 선택했다면, 그 일은 그에 대한 다른 사람의 기억을 결정할 가능성이 가장 컸고, 그의 삶에서 가장 큰 '의의'가 되었다.

19세기에 가장 유명하고 가장 유행한 소설인 찰스 디킨스의 『두 도시 이야기』나 빅토르 위고의 『레 미제라블』을 봐도 극적으로 고조되는 순간은 항상 '헌신'과 관련이 있다. 남을 대신해 단두대에 올라가거나 시가전에서 죽음을 불사하고 다른 사람을 구하는 줄거리가 독자의 마음을 사로잡고 독서 후에도 잊히지 않는다. 소설은 현실을 반영하지만 거꾸로 현실 속 낭만적인 죽음에 대한 상상에 영향을 주고 또 그것을 빚어낸다.

내세가 아닌 현세의 의의에 그리고 사후에 어떻게 다른 사람의 기억 속에서 계속 살지에 관심을 가짐으로써, 한 사회가 어떻게 죽은 사람을 기억해야 하느냐에 대한 사유와 논의도 뒤따라 생겨났다. 이것도 마찬가지로 중요한 일이었다. 루쉰의 소설은 많든 적든 19세기 유럽의 그런 분위기에 영향을 받았다. 소설 「약」에서 목이 잘리는 '하유'夏瑜는 이름만 봐도 '추근'*을 암시한다는 것을 알 수 있다. 이상을 위해 죽고 사회를 위해 헌신하는 인물이다. 그런데 중국 민중은 어떤 방식으로 그를 기억했는가? 그 사람들은 추근의 헌신이 갖는 의의에 전혀 개의치 않고 대신 '사람 피에 적신 만두'가 병을 고쳐 준다는 미신에만 정신이 팔려 있었다. 그래서 누군가가 목이 잘리게 된 것을 서로 다행으로 여겼다!

---

* 秋瑾(1875~1907). 청나라 말기의 여성 혁명가. 고관의 집안에서 태어나 부호와 결혼했지만 진보 사상의 영향을 받아 일본 유학을 가서 쑨원(孫文)의 중국혁명동지회에 가입해 반청 운동을 벌이기 시작한다. 훗날 귀국해 무기를 모으고 군사를 양성하며 무장 혁명을 준비하다가 발각되어 처형되었다. 하와 추는 계절을, 유와 근은 옥을 가리키는 한자이다.(옮긴이)

삶의 전제가 된 죽음

죽음의 궁극성에 기인하여 19세기 유럽의 관념에 광범위하고 연속적인 변화가 일어났다. 사람들은 살아가면서도 자신이 목숨을 바칠 만한 이유를 진지하게 탐구해야만 했다. '마터'martyr는 일찍부터 존재했지만 19세기 이전에 마터는 단지 순교자를 가리켰고 그들은 사후死後의 어떤 대우를 보장받았을뿐더러 현세에도 명확한 종교 의례에 따라 성인으로 추존되었다. 그러나 19세기에 헌신한 마터에게는 그런 명확한 '사후'事後 보장이 없었다. 헌신적인 죽음을 택하는 것은 더 이상 '사후'의 의의와 맞바꾸려는 것이 아니었다. 죽음을 택한 자체로 그 의의가 충족돼야만 했다. 헌신적인 죽음은 상상 속 '사후'의 무슨 대우와 맞바꾸려는 것이 아니라, 현세의 일생이 충분히 알려지고 충분한 만족을 얻으려는 것이었다.

인간은 아무렇게나 죽어서는 안 되고 특별히 추구하는 바를 찾아야 죽을 수 있었다. 19세기 유럽 사상에서 흔히 보이던 표현 중에 '나 자신보다 더 큰 죽음'the death which is larger than myself이라는 것이 있다. 헌신할 수 있는 어떤 이유를 찾아 자신의 삶을 확대하면, 본래는 지극히 유한한 삶이 끝에 이르러 큰 폭으로 확장된다는 뜻이다.

헤밍웨이는 자신이 쓴 『강 건너 숲속으로』를 마음에 안 들어 했고 대령이 죽는 부분이 "너무 오페라적"이라고 스스로를 비웃었다. 그가 오페라를 연상한 까닭은 역시 19세기의 위대하고 훌륭한 오페라들이 거의 예외 없이 죽는 장면을 비중 있게 다뤘기 때문이다. 앞에서는 『라 트라비아타』의 결말에서 중병에 걸린 여주인공 비올레타가 극 전체에서 가장 격정적인 영탄조의 노래를 끝도 없이 불러 대는 것을 예로 들었다.

하지만 19세기의 오페라 관중이 "아픈 사람이 어떻게 저렇게 원기왕성하게 노래를 부를 수 있지?"라고 흠을 잡았을 리 없다. 그들은 그 스토리의 의도를 잘 알고 또 높이 평가했기 때문이다. 비올레타는 사랑을 위해 죽었다. 혹은 삶의 마지막 순간이 닥치기 직전에 얼마 안 남은 시간을 붙잡고서 자기 삶에 "나 자신보다 더 큰", "사랑을 위해 살고 사랑을 위해 죽는" 의의를 부여하려 했다. 그전에 그가 무엇이었든 간에 적어도 죽는 순간에는 사랑의 화신이 되었다. 그는 열창으로 그 의의를 극적으로 표현하여 살아 있는 사람들과 계속 살아갈 사람들의 기억에 남기려 했다.

그것은 일종의 새로운, 변화된 영원함eternity이었다. 육신을 가진 비올레타는 사라졌지만 그가 숭배하고 헌신한

낭만적 사랑은 영원히 남을 것이다.

19세기에서 20세기로 들어와 신에 대한 믿음은 더 약화됐고 죽음이 곧 종점임을 인정하는 사람이 더 많아졌다. 죽음은 더 나아가 삶의 전제가 돼 버렸다. 선후 관계가 역전되어서 본래는 삶이 진행되다가 도달하는 마지막이 죽음이었는데, 이제는 어떻게 삶을 살든 간에 우선 "인간은 반드시 죽는다."라는 생각을 갖고 있어야 한다. 죽음은 절대로 지나칠 수 없는 부동의 종점이다. 그래서 매초의 삶은 모두 그전보다 죽음에 1초 더 가까워졌음을 의미한다. 이것은 삶을 가늠하는 절대적인 방식으로 이것을 피하거나 이것에서 도망치는 것은 불가능하다. 삶은 궁극적으로 죽음과의 거리를 통해 가늠되는 것으로 변해 버렸다.

죽음이 전제가 되고 누구나 죽음에 가까워지고 있기는 하지만, 보통 때 죽음 자체는 느리고 머나먼 사실로서 사유와 느낌의 대상이 되기 어렵다. 단지 죽음이 설명할 수 있고 만질 수 있는 위협으로 구체화 될 때만 우리는 비로소 죽음을 사유하고, 죽음을 느끼는 상태에 들어가고, 또 죽음을 사유하고 죽음을 느끼는 것을 통해 삶을 사유하고 정의할 수 있다. 다시 말해 보통의 일상생활에서 진실하게 별 탈 없이 살 때는 오히려 그런 삶이 무슨 의의가 있는지 확신할 수 없다. 그런 조건에서 사람들은 갖가지 생사의 한계에 도전하고 모험하려는 충동을 느낀다. 위험한 일에 삶을 걸어 죽음과 가까워짐으로써 확실히 죽음의 위협적인 그림자가 느껴져야만 인간은 비로소 삶을 사유할 수 있고 인생의 의의에 닿을 수 있다.

갑작스러운 죽음의 위협

새로운 환경에서 살게 되면서 인간은 삶을 선택할 수 있는 여지가 커졌고 자유도 많아졌다. 이전에는 신과 '내세'에 대한 보장이 있었지만 보장은 동시에 제한을 뜻하기도 했다. 사는 것과 죽는 것이 연속성을 가짐으로써 인간은 항상 사후 세계, 즉 천국·연옥·지옥의 상상과 계산에 끌려다녔다. 그래서 숨이 끊기는 순간까지 자기가 '이후'에 갈 곳을 위해 노력했으며 자격 있는 성직자가 와서 의식을 행해 줘야 비로소 안심하고 죽었다.

19세기 이후, 특히 20세기로 접어들어서는 더 이상 그렇지 않다. 죽음이 구체적으로 만져지지 않는 아득한 일이 되면서 사람들은 일반적이고 규칙적이며 반복되는 일상생활을 영위한다. 하지만 에피파니epiphony 같은 통찰과 영감의 특수한 순간이 오면 갑자기 죽음이 무시하기 힘든 위협으로 나타나고 그 순간에는 일반적이고 규칙적이며 반복되는 일상생활을 계속 영위할 자유를 가질 수 없다.

그것은 강렬한 자극이자 중요한 계기다. 죽음의 그림자와 위협이 평소에 못 느끼는 강렬한 감정을 일으켜 사람들을 "이 세상에서 내가 가장 연연하고 소중히 여기는 것은 무엇일까?"라는 물음과 마주하게 한다. 그러면 그들의 눈앞에 숱한 삶의 현상들이 확 펼쳐지고 경중과 완급에 따라 배열된다. 평상시 우리는 치킨이 맛있는지 햄버거가 맛있는지조차 판단이 안 돼 한참 뜸을 들이는데, 죽음과 마주한 그 순간에는 수천 배는 더 복잡한 평생의 인간관계가 거절할 수 없는 기세로 또렷하게 차례차례 배열된다.

19세기 사람들은 맨 처음에는 죽는 것이 그저 죽는 것일 뿐 '이후'의 개념이 없는 것을 받아들이기 어려워 여러 차례 사상적·감정적 갈등을 겪었다. 그런데 20세기에 접어들어서는 이런 부정적인 정서에 변화가 생겼다. 죽음이 끝이라는 것을 부인할 수 없다면 그 고뇌 속에서 즐거움을 찾자는 것이었다. 그 즐거움은 적어도 과거에는 존재한 적이 없는 발견으로서 죽음 앞에서 인간을 자극해 일으키는 전례 없는 용기인 동시에 본래 인간이 가질 수 없었던 감정이었다. 비록 죽음의 압박으로 생겨난 것이기는 했지만 보편적이고 긍정적인 힘을 띠었으며 죽음을 두려워하지 않게 해 주었다.

　10여 년 전『타이타닉』이 개봉했을 때 나는 영화관에 가서 잭과 로즈의 그 운명적인 사랑 이야기를 보았다. 영화가 끝나고 엘리베이터를 기다리기 싫어 많은 이들이 길고 구불구불한 계단을 통해 건물 아래로 내려갔다. 그런데 내 뒤의 한 커플이 영화를 본 소감을 이야기하고 있었는데, 사람이 너무 많아 그들과 나의 간격이 줄곧 한 계단밖에 안 됐으므로 나는 불가피하게 그들의 대화 내용을 듣게 되었다. 그들은 무슨 얘기를 했을까? 잭이 익사하지 않고 구조됐어도 그와 로즈는 아마 결혼했을 것 같지는 않다고 했다. 또 그들이 정말 결혼했더라도 틀림없이 불행했을 것이라고도 했다.

　정말 김빠지는 말이었다. 그 장대한 화면은 두 사람의 사별을 묘사하기 위한 것이 아니었던가? 왜 영화관을 나오기 무섭게 영화가 만들어낸 '비일상적'이고 보통의 일상보다 더 고귀한 정서적 분위기를 깨고 황급히 일상의 속된 계산을 끌어들인단 말인가? 그런 '비일상적'인 성질은 바로 죽음을 앞둔 상황에서 한 사람과 한 무리의 사람들이 삶에서 겨우 몇 십 분 남은 자유로 고귀한 선택을 함으로써 창조한 것이었다. 그것은 죽음이 우리에게 주는 특별한 자유이며 그런 자유는 특별한 감동을 가져다 준다.

그러나 확실히 우리 사회에서는 많은 이들이 그 '비일상적'인 고귀함을 알지 못한다. 우리는 서양이 19세기에 줄곧 겪었던 변화를 거치지 않아, 죽음이 소환해 내고 또 죽음보다 더 중요한 가치를 이해하고 음미하는 데 익숙지 못하다.

그 웅장한 화면이 묘사한 죽음과 그 죽음에 의해 승화된 사랑은 뜻밖에도 영화관의 계단을 벗어나는 짧은 시간 동안 사람들을 그 분위기 속에 묶어 두는 것조차 실패했다. 이것은 우리 사회의 어떤 부족한 점을 말해 주며, 또한 우리가 진정으로 헤밍웨이의 소설 세계에 들어가기 어렵게 하는 장애물이기도 하다. 『타이타닉』을 본 뒤, 사랑이 생사보다 더 중요하다는 주제를 이해하지 못하는 사람은 헤밍웨이를 읽고 거기에 빠져들기도 어려울 것이다.

우리 시대, 우리 사회에서 사람들은 죽음을 멀리하고 죽음과 정면으로 마주치지 않는 쪽을 택했다. 차츰차츰 우리의 생활에서 죽음이 사라져서 삶의 소모만 있지 삶의 종말은 구경할 수 없게 되었다. 죽음은 거의 병원이라는, 전문적이고 생활과 멀리 떨어진 장소에서만 발생하기 때문이다. 더욱이 오늘날의 죽음은 삶과 엄격히 분리되어 항상 서로 다른 일로 여겨진다.

응급 환자가 중환자실에 들어가 몸에 여러 가지 관을 꽂고 나서 그의 의식이 흐려졌다가 사라지고 주변 환경을 못 느끼게 돼도 여전히 그는 살아 있다. 그리고 어느 정도 시간이 흘러 가족과 친구들이 다 그가 이미 떠났다는 사실에 익숙해지고 나서야 그의 육체를 떠나보낸다. 이것은 우리의 정상적이고 보편적인 경험이다. 죽음은 드라마틱함도 친밀감도 잃어버렸다.

헤밍웨이가 자신의 시대에 중시하고 이해한 죽음은 그렇지 않았다. 그것은 아직 소모되지 않은 삶이 갑작스레 떠나가는 것이었다. 거기에는 아직 드라마틱한 요소가 풍부했고 찢고 가르는 거대한 힘이 내재되어 있었다. 헤밍웨이는 일찍이 전쟁을 경험했고 전쟁에 몰두해 있었다. 달리 말하면 드라마틱한 죽음이 촉발하는 들끓는 격정에 사로잡혀 있었다. 이것은 그의 초기작의 공통적인 배경이다.

헤밍웨이는 잘 살아갈 수가 없는 인물이었다. 잘 살아가면 그의 삶은 초점을 잃은 채 모든 것이 평범하고 단조로워졌다. 반드시 죽음의 위협 아래 있어야 평범하고 단조로운 것들이 입체화되어 높고 낮음과 봉우리와 골짜기가 생겨났고 또 삶에서 무엇이 중요하고 무엇이 흥미로우며 무엇이 가치가 있는지 진정으로 알 수 있었다.

우리는 부정적인 시각으로 평가해 헤밍웨이가 가엾은 사람이었다고 생각할 수도 있다. 그는 줄곧 결핍 상태에서 살았으며 우리가 누리는 일반적인 경험을 '정상적'으로 누리지 못했다. 정상적이고 일상적인 상황에서는 삶의 각 요소의 경중과 득실을 가늠하지 못했다. 그가 릴리언 로스에게 보낸 편지에서 자기 아들 얘기가 나오자 즉시 "아, 아들 말고도 나는 내 자매들도 사랑하고, 내 아내들도 사랑하고, 다른 것들도 사랑하는 게 아주 많습니다."라고 말한 것을 앞서 언급했다. 그는 너무나 많은 것을 사랑해서 오히려 선택을 하지 못했다. 일상생활에서 그는 모든 것을 사랑했지만 한 사람이 정말 그렇게 많은 것을 사랑할 수 있었을까? 그렇게 많은 것을 사랑했다면 그는 자기가 사랑한 사람과 사물 하나하나에 어느 정도로 나누어 주의를 기울이고 관심을 쏟을 수 있었을까?

그래서 그는 항상 '비정상적인 상태'에 빠져 있으려 했다. 그 상태에 있어야 "나는 대체 누구인가? 나는 대체 왜 살고 있는가?"에 대한 답을 확실하게, 심지어 고통스럽게 느낄 수 있었기 때문이다. 그리고 그 '비정상적인 상태'를 창조하는 가장 효과적인 수단이 바로 죽음이었다. 물론 죽음 그 자체는 아니고 죽음의 위협이었다.

작가가 말하지 않은 것들

겉으로 보면 『무기여 잘 있거라』는 이해하기 쉽고 통속적인 사랑 이야기 같다. 소설의 구조 면에서 우리는 『무기여 잘 있거라』를 대체로 네 부분으로 나눌 수 있다. 첫 번째 부분은 전장에서 화자의 경험을 이야기한다. 그는 앰뷸런스를 몰고 산길을 넘어 다니다가 적의 포격으로 죽음에 직면한다. 그리고 두 번째 부분에서 그는 병원으로 후송되어 치료를 받고 거기에서 아름다운 간호사를 만나 연애를 시작한다. 연애를 하는 과정에서 다른 모든 것을 까맣게 잊는다.

세 번째 부분에서 화자는 다시 전장으로 돌아오지만 이번에는 확연히 다른 느낌을 받는다. 지난번에 그는 자신이 죽을 리가 없다는 이상하고 천진한 신념을 갖고 있어서 미처 두려워할 틈도, 죽음의 위협을 받을 틈도 없었는데, 죽음은 위협이 되기도 전에 직접 구체적인 사실로 그의 몸을 덮쳤다. 그러면 이번에는 어땠을까? 이번 전장의 작전은 후퇴와 도망이었다. 죽음의 추격을 뿌리쳐야 했다.

후퇴하는 인파 속에서 그들의 앰뷸런스가 길가 진흙 속에 빠져 못 움직이게 됐다. 그러고 나서 그들은 도망치는 이탈리아 병사를 죽인다. 전쟁 기간 내내 화자는 독일인도 오스트리아인도 죽이지 못했고 유일하게 그 이탈리아 병사 한 명을 죽였다. 이어서 그들은 길을 걷다가 어느 농가 창고에 들어가지만 그사이 한 명은 총에 맞아 죽고 한 명은 도망을 친다. 그는 혼자가 되어 계속 길을 가다가 결국 달리는 화물 열차에 몰래 올라탄다. 그는 계속 죽음에서 벗어나려 노력하지만, 죽음은 줄기차게 그의 곁을 맴돈다.

네 번째 부분에서 그는 간신히 목숨을 건져 캐서린과 다시 만나 인연을 이어가고 소설은 결말을 향해 나아간다.

돌아보면 우리는 그 두 사람, 헨리와 캐서린의 사랑이 본래 죽음의 전제 위에 세워졌음을 발견하게 된다. 이와 관련해 그냥 넘어가서는 안 되는 단서가 한 가지 있다. 헨리가 맨 처음 캐서린을 만났을 때 그녀는 약혼남의 유품을 들고 있었다. 그녀의 약혼남은 얼마 전 전투에서 사망했다. 소설에서는 이 일이 다시 언급되지 않지만 이것은 두 사람의 사랑을 이해하려면 절대 빠뜨려서는 안 되는 배경이다. 왜 병원에서 헨리와 캐서린은 그렇게 빨리 가까워진 걸까? 죽음의 위협으로 막 충격을 받은 두 사람의 사랑은 정상적이고 일반적인 남녀 사이에 생긴 사랑이 아니었기 때문이다.

통속적인 표면 밑에 숨겨진 것은 일반적인 사랑 이야기가 아니라 두 사람이 동시에 죽음과 대면한 이야기이며, 그들은 모두 죽음이 언제 또 들이닥칠지 몰랐다. 결국 너무나 무겁고 구체적이어서 누구나 신경 안 쓰는 척, 모르는 척하지 않을 수 없는 죽음의 그림자가 그들 두 사람 사이에 어떤 격앙된 감정을 불러일으킨 것이다. 이는 별 탈 없이 살고 죽음이 어디 있는지도 모르는 사람은 영원히 도달할 수 없는 차원이며 또 영원히 가질 수 없는 격정이다. 동시에 이 격정은 "내일이 없는" 격정이어서 언제 어느 순간에 끝날지 누구도 모른다.

1980년대 미국에서 페미니즘 문학비평이 한창 성행할 때, 헤밍웨이는 페미니스트들이 가장 꼬집기 좋아하는 비평 대상이었다. 그의 어떤 작품을 골라도 손쉽게 수많은 '남성 우월주의'의 예를 찾아내 유창하고 내용이 풍부한 논문 한 편을 뚝딱 써 낼 수 있었다. 그런 식으로 낡은 고전의 권위를 뒤엎고 효과적으로 페미니즘 사상을 설파했다.

대다수 사람들은 헤밍웨이의 소설을 읽은 적이 있었고 그 작품들은 가져와서 안 좋은 예로 쓰기에 딱이었다. 『노인과 바다』를 예로 들면 이 작품은 발행량이 100만 부가 넘었던 주간 『라이프』에 처음 발표되어 바로 화제가 되었다. 이 소설에는 여성 캐릭터가 안 나와서 아예 시빗거리가 없을 듯했다. 하지만 여성 캐릭터가 아예 없는 건 아니었다. '노인' 산티아고의 죽은 아내가 있었고 나아가 산티아고는 그녀의 사진을 숨겨 둔다. 또 한 명의 여성 캐릭터는 소설 마지막 부분에 나오는 한 관광객이다. 그녀는 노천 술집에 앉아 해변에 놓인 그 청새치의 뼈를 보고서 매우 어리석은 질문을 던진다.

『무기여 잘 있거라』의 몇몇 단락도 그야말로 페미니스트에게 채찍질을 당할 목적으로 쓰인 듯하다. 헤밍웨이는 캐서린이 소설 속에서 헨리에게 이런 말을 하게 했다.

"당신이 뭘 원하든 그렇게 하세요. 나는 다 찬성이고 불만이 없어요."

이는 굴복하는 여성이며 남성 우월주의자의 입장에서는 가장 매력적이고 '옳은' 여성이다. 페미니스트들은 당연히 이런 고루한 이미지의 여성을 묘사했다는 이유로 헤밍웨이를 비판했다.

하지만 그렇게 읽는 것은 옳지 않고 그래서도 안 된다. 그런 독법은 확실히 죽음의 잠재적 존재를 무시하고 캐서린이 얼마 전에 약혼남을 잃었다는 사실을 그냥 넘겨 버린

166

다. 소설 속에서 캐서린은 분명 고인의 유품을 갖고 등장하며 이를 통해 헤밍웨이는 그런 일을 몸소 겪은 것으로 인해 캐서린이 더 이상 보통 사람이 아니고 본래의 그녀 자신도 아니라는 점을 우리에게 알려 준다.

미안하지만 나는 다음과 같이 헤밍웨이의 편에서 말할 수밖에 없다. 유품과 유품이 상징하는 죽음을 다시 찬찬히 살펴보면, 우리는 전장에서 폭격으로 두 다리가 만신창이가 돼서 후송되어 온 헨리가 캐서린에게는 역시 언제든 죽을 수 있는 사람이었고 또 오래 산다고 가정할 만한 이유가 없는 사람이었다는 것이 이해가 간다. 일단 그가 그 병원을 떠나면 하느님과 운명을 비롯한 그 무엇도 그가 계속 살아남는다고 보장할 수 없었다. 나날이 격화되는 전쟁과 갈수록 황당해지는 전법 등 그의 생명을 앗아갈 요인은 수도 없이 많았다.

이런 상황에서 사람은 필연적으로 평소와는 다른 판단을 하며 뭔가를 신경 쓰고, 따지고, 조심하게 마련이다. 그런데 오늘 신경 쓰고, 따지고, 조심한 것은 내일 그가 세상을 떠나고 나면 즉시 영원히 벗어날 수 없는 후회가 되고 만다. 이 소설은 헨리의 관점으로 쓰였고 헨리가 묻지 않았기 때문에 이 소설에는 캐서린과 그의 원래 약혼남의 사연이 나오지 않는다. 그러나 우리는 독자로서의 지혜를 발휘하여 마음속으로 그 사연을 짐작한 뒤, 그것을 배경으로 헨리에 대한 캐서린의 감정을 이해할 수 있다.

그래서 매번 그 단락을 읽을 때마다 나는 마음이 아플 뿐, "빌어먹을 헤밍웨이, 여자들이 전부 애교나 부리고 고분고분했으면 하는 건가?"라는 욕이 나오지는 않는다. 마음이 아픈 것은 '말하지 않은 이야기'untold story가 뒤에 있는 것을 느끼기 때문이다. 그것은 해수면 위에 드러난 부분 말고 해수면 아래에 잠긴 빙산의 다른 부분이다.

마음 아파하며 읽으면 우리는 금세 캐서린이 결코 묵묵히 순종한 게 아님을 깨달을 것이다. 그는 항상 "알았어요, 당신 말대로 하죠. 그러는 게 좋겠어요."라고 말하여 일부러 자기도 그와 같은 생각임을 강조한다. 마치 매번 거절하려 할 때마다 문득 소설 속의 그 '말하지 않은 이야기'와 죽은 약혼남이 떠올라 "그 사람이 그렇게 빨리 떠나 다시 안 돌아올 줄 알았다면 그때 괜히 토라지고, 싸우고, 작은 일로 따지지 않았을 텐데."라고 후회하는 것처럼 말이다.

우리는 독서 중에 스스로 이런 '말하지 않은 이야기'를 떠올리곤 한다. 캐서린은 절대 어리석은 여성이 아니었고 남자가 하자는 대로 순순히 따르는 여성은 더더욱 아니었다. 그의 반응은 그의 상처가 아직 다 아물지 못한 데에서 비롯되었다. 그에게 헨리와의 사랑은 그 상처의 치료이자 연속이었고 심지어 그 상처의 후유증이기도 했다.

헨리에게도 죽을 뻔한 경험에서 비롯된 좌절과 상처가 있었다. 포격은 그의 한쪽 다리를 망가뜨렸을 뿐만 아니라 그가 본래 갖고 있던 천진한 신념을, 자기가 계속 살아남을 것이라는 믿음을 산산조각 내 버렸다. 그는 자기가 죽을지도 모르고 그래서 죽음을 무서워하지 않을 수 없다는 것을 깨달았다. 소설 속에서 화자인 헨리는 직접적으로 두려움을 표현하지는 않으며 스스로 두렵다고 인정하지도 않는다. 하지만 그의 두려움과 좌절을 짐작케 하는 수많은 단서가 있다.

이 소설에는 술 마시는 장면이 꽤 많이 나온다. 헨리가 야전병원에 있을 때 동료 장교인 리날디가 찾아와 둘이 함께 술을 마시며 이야기를 나누는 장면도 있다. 그들은 나중에 거의 말다툼을 하게 되는데 솔직히 그 대화는 별로 의미가 없다. 그냥 영국 간호사를 언급했을 뿐인데 리날디가 갑자기 화가 나서 장갑으로 헨리의 침대를 탕탕 두드리기까지 한다. 우리는 표면적으로 그들이 말하는 내용을 이해하기 어렵지만, 술을 곁들인 그 대화는 답답함을 발산하려는 것으로서 그들이 입 밖에 내지 못하는 진짜 감정을 대체하고 있다. 진짜 좌절과 두려움을 말할 수 없어 그들은 그렇게 쉽게 흥분했던 것이다.

또 하나의 장면이 있다. 헨리가 밀라노에 있을 때 병원 관리자인 밴 캠픈 양이 그의 옷장에서 빈 술병 한 무더기를 발견하고 그에게 신경질을 낸다. 그녀는 어떤 사람이었을까? 헨리와 캐서린, 심지어 캐서린의 친구 퍼거슨과도 다른 사람이었다. 그녀는 죽음의 위협을 받아 본 적이 없고 죽음의 그림자가 무엇인지도 모르는 사람이었다. 캐서린과 퍼거슨은 모두 헨리가 술을 마시는 것을 알고 있었지만 한 번도 그것을 나무란 적이 없었다. 그건 두 사람이 그를 방임했기 때문이 아니라, 음주가 그에게 도피인 동시에 죽음과 죽음의 그림자에 대항하기 위한 무기이며, 그것이 있어야 죽음과 죽음의 그림자 앞에서 그가 케이오되지 않는다는 것에 공감하고 그 점을 이해했기 때문이다.

더는 쉽게 놀라지 않는다

헤밍웨이가 묘사한 것은 일상적인 감정이 아니라 비정상적 상황에서의 비정상적 반응이다. 그는 절제된 수법으로 비정상적 상황에 필연적으로 뒤따르는 억압을 표현했다. 요란을 떨려 하지 않았고 그럴 수도 없었다. 요란을 떨면 오히려 그런 비정상적 반응에 다가갈 수 없었다. 그래서 『무기여 잘 있거라』의 내용과 형식에는 여러 가지 전환이 마련돼 있다. 소설은 독자를 죽음의 위협과 그림자가 넘쳐나는 전쟁 상황으로 데려갔다가 다시 돌아와서 가능한 한 일상적이고 조용하며 냉담함에 가까운 절제의 방식으로 비정상적 경험과 비정상적 감정에 접근해 그것을 부각한다.

헨리는 본래 강요에 의해서가 아니라 자원해서 전장에 갔고, 그때는 전쟁에 대해 순진한 관점을 갖고 있었다. 그리고 부상을 당해 비로소 전쟁의 흉폭한 일면을 알았으며 캐서린을 사귀고 병세가 호전된 후에 다시 전장으로 복귀했다. 그때 그는 이미 캐서린이 임신한 사실을 알았지만 그래도 전장으로 복귀하는 것을 거부하지 않았다. 그 부분적인 이유는 바로 그가 전쟁의 비정상적 상황의 자극으로 그 사랑의 비정상성을 유지해야 했기 때문이었다. 그는 당시 그 비정상적인 환경을 잃으면 자신과 캐서린의 감정이 순식간에 평범하고 무료하며 재미없는 여느 연인, 더 나쁘게는 여느 부부의 그것으로 퇴화하지 않을까 불안해했다.

생각해 보라. 헨리 같은 사람이, 비록 아직 젊기는 해도 이미 그렇게 많은 비정상적인 경험을 했는데 또 무슨 일에 쉽사리 놀라겠는가? 어떤 사랑이 그의 흥미와 열정을 끌어당길 수 있겠는가? 타이타닉 호 사건에서 그토록 극적인 방식으로 연인을 잃은 로즈는 다시 무슨 일, 무슨 물건으로 그렇게 비통해할 수 있겠는가? 심지어 거대한 다이아몬드 '대양의 심장'조차 그는 미소를 띤 채 결연히 손에서 미끄러뜨려 바닷속에 빠뜨리지 않았는가?

무라카미 하루키의 소설에도 그렇게 쉽게 놀라지 않고 심지어 그러지도 못하는 주인공이 등장한다. 왜냐하면 하루키가 가장 좋아하고 힘들여 번역한 작가인 레이먼드 카버·존 치버·레이먼드 챈들러는 모두 명확히 헤밍웨이에게 영향을 받았기 때문이다. 하루키의 초기 대표작『노르웨이의 숲』의 화자 와타나베도 그래 본 적이 없는 사람이다. 그는 나오코와 미도리라는 두 여성을 만나는데 두 사람 다 매우 비정상적이다. 두 사람에게 일어나는 일도 비정상적이고 두 사람이 말하는 방식(혹은 침묵)과 말의 내용도 비정상적이다. 하지만 와타나베는 그들의 언행과 과거 이야기에 대해 한 번도 놀라움을 표시하지 않는다. 하루키가 사용한 이런 글쓰기 방법은 바로 헤밍웨이에게서 유래했다. 와타나베의 냉담함과 무심함은 또 끝내 답이 안 보이고 해결될 길이 없는 살인 사건에서 비롯되었으며 좀체 걷히지 않는 죽음의 그림자에 덮여 있다.

　와타나베의 고등학교 시절 가장 친한 친구였던 기즈키는 나오키의 애인이기도 했는데, 어느 날 아무 징조도 없이 돌연 목숨을 끊는다. 이 일은 와타나베와 나오코의 세계를, 그리고 세계가 본래 모습대로 계속 존재하고 사람도 본래 모습대로 계속 살아갈 것이라는 그들의 기본적인 믿음을 순식간에 무너뜨린다. 기즈키는 자살하던 날에도 와타나베와 당구를 쳤는데, 아주 열심히 쳤고 아주 열심히 이기려 했지만 당구를 마치고 집에 돌아가자마자 죽었다. 이 일은 와타나베에게 대단히 깊은 상처를 남겼다. 기즈키는 정상적인 사람처럼 보였지만 가장 비정상적인 일을 저질렀다. 그 후로 와타나베는 다시는 무엇이 정상이고 무엇이 정상이 아닌지 분별할 수 없게 되었고 또 어떤 것이 다음 순간에 돌연 사라질지 아닐지 확신할 수 없게 되었다.

　나중에 나오코는 요양원에 들어갔으며 와타나베는 처음 거기로 그를 만나러 갈 때 토마스 만의 『마의 산』을 가져갔다. 그것은 당연히 무라카미 하루키가 특별히 고안한 장치이다. 『마의 산』의 배경은 알프스 산맥에 있는 폐결핵 전문 요양원이며 그곳은 죽음의 그림자가 짙게 깔린 곳으로 많은 이들이 거기에 들어간 후 살아서 나오지 못했다. 죽음과 가까이 지내는 그 폐쇄된 공간에서 삶의 의의에 대한 사유가 전개된다.

요양원에서 와타나베는 역시 삶의 블랙홀 속에 갑자기 빠져 본 적이 있는 레이코라는 이름의 여성과 마주친다. 그는 매우 단순한, 그와 "마음속 모든 것을 공유하고 싶어" 할 정도로 단순한 남자를 만나 정상적인 생활로 돌아갈 수 있었다. 하지만 그렇게 구원을 받은 뒤 다시 블랙홀에 빠질 리 없다는 보장은 없었다.

삶의 무상함을 보고, 만나고, 나아가 그것에 희롱당하고 나면 당연히 사람이 달라진다. 내면의 민감함을 감추려고 무감각해지고, 냉담해지고, 움츠러든다. 미도리는 와타나베를 만나면 항상 그가 하는 말을 따라 하며 "정말 이상해. 너는 왜 이렇게 말하는 거야?"라고 미심쩍어한다. 헤밍웨이가 바로 가장 먼저 그렇게 말하는 방식을 개발한 사람이다. 간단하고 짤막한 말로 깊이를 알 수 없는 두려움과 슬픔을 무심하게 표현했다.

언젠가 죽음의 음습함과 어깨를 스쳤거나 스스로 죽음의 어두운 골짜기에 들어가 삶의 가장 강렬하고 사나운 감정을 경험하고 나면 그 후에는 그런 사람이 되고 만다. 다시 무라카미 하루키의 또 다른 소설 『세계의 끝과 하드보일드 원더랜드』에 나오는 비유를 써서 이야기하면, 그런 사람이 보는 세계는 그림자가 절반이나 흐릿하다. 그에게 모든 물체가 퇴색한 듯 보이는 것은 죽음의 그림자 밑에 있는 극도로 강렬한 감정을 잊지 못하기 때문이다.

이것이 헤밍웨이가 『무기여 잘 있거라』를 통해 드러내려 했던 것이다. 만약 이 부분의 의의가 감지되지도 이해되지도 않는다면 『무기여 잘 있거라』를 읽을 필요가 없으며 그냥 오래전에 이 소설을 각색한 영화를 구해 아무렇게나 한 번 보면 그만이다. 영화는 통속적인 로맨스만 찍었고 또 그럴 수밖에 없었다.

헤밍웨이가 쓴 것은 20세기에 새롭게 삶의 목적과 수단을 정의하는 것이 얼마나 어려웠는지와 관련이 있다. 그리고 전쟁은 본래 삶의 수단 또는 삶에서 다른 목적을 달성하는 수단에 불과하지만 헤밍웨이의 글을 통해 그 의미가 한 단계 상승한다. 즉 우리가 현세의 의의를 평가하고 또 죽음 '이후'의 기억에 제공될 내용을 채울 수 있도록 도와준다.

미국을 처음 방문한 중국 사회학자

1944년, 뛰어난 중국 사회학자 페이샤오퉁*이 미국에 가서 일 년 가까이 머물렀다. 그리고 중국에 돌아와서 『처음 미국에 가다』初訪美國라는 소책자를 썼다. 이 책은 페이샤오퉁의 저작 중에서 특별히 중요하거나 유명한 축에 속하지는 않지만 우리가 헤밍웨이와 그의 시대를 논하는 것과 관련해 큰 의미가 있다.

페이샤오퉁은 중국에서 자랐고 중국 사회를 연구했으므로 자연히 자기에게 익숙한 중국 사회를 비교 근거로 삼아 그 시대의 미국을 관찰하고 체험했다. 그는 영국식 학

---

* 費孝通(1910~2005). 옌징대학과 칭화대학을 졸업하고 나중에 영국 런던대 박사를 취득한 중국의 사회학자, 인류학자이다. 저서로 『강촌 경제』(江村經濟), 『향토 중국』(鄉土中國), 『중국의 신사』(中國紳士) 등이 있다.

술 훈련을 받은 구세대 사회학자로서 사회학이 아직 그렇게 따분해지기 전 창조적 활력이 넘쳤던 세대의 사회학자에 속했다. 오귀스트 콩트부터 에밀 뒤르켐 그리고 막스 베버에 이르기까지 사회학자는 사회를 관찰하는 고도의 자유와 호기심을 갖고 있었으며 또 심후한 문화 지식의 기초를 갖추고서 분석을 수행했다. 그때는 아직 폐쇄적이고 고정된 사회학적 방법이 없었기 때문에 사회학자는 각양각색의 지적 자원을 끌어와 자신의 분석 스타일을 마련할 수 있었다. 그들은 사회의 보편적인 규칙을 찾아내는 것을 꿈꾸기도 했고 여러 사회를 과감히 비교하고 싶어 하기도 했다.

페이샤오퉁은 그렇게 광범위한 시각을 갖춘 우수한 사회학자로서 중국의 생활과 사회에 대한 직접적인 인지와 감수성을 가진 채 미국에 가서 한시라도 빨리 미국 사회와 여러 흥미로운 현상들을 관찰하고 싶어 했고 나아가 오늘날의 실증적·계량적 사회학자는 감히 말하지 못하는 몇 가지 분석과 결론을 자랑스럽게 제시했다.

예를 들어 그는 아래와 같이 비교했다.

개괄적으로 말한다면 서양인은 남이 즐거워하는 것을 보면 자기도 즐거워한다. 그런데 우리는 남이 즐거워하면 기분이 안 좋아지곤 한다. 예를 들어 누가 죽으면 우리는 소리 내어 울며, 울지 않으면 남에게 뒷소리를 듣는다. 하지만 오래 헤어졌다 재회한 부부는 남들 앞에서 기쁜 티를 내면 안 된다. 안 그러면 낯간지럽고, 점잖지 못하고, 경박하다고 욕을 먹는다. 서양에서는 이와 정반대다. 기쁠 때 마음껏 감정을 드러내도 괜찮다. 정류장에서 연인과 포옹이나 키스를 해도 아무도 뭐라고 하지 않는다. 그러나 비통할 때는 울음을 참아야 한다. 남 앞에서 소리 내어 우는 것은 곧 무교양의 증거이다.

이것이 그가 관찰해 낸 중국과 서양의 차이다. 재미있는 부분은 이어지는 그의 분석이다.

이런 동서 문화의 차이를 설명해야 한다면 나는 다시 농업 사회와 공업 사회의 기본적인 차이로 돌아가지 않을 수 없다. 농업 사회, 특히 우리처럼 크고 오래된 농업 국가에서는 기회가 적고 모두가 매우 낮은 생활수준에서 살아가며 유한한 자원을 두고 경쟁을 벌인다. 그래서 남이 뭔가를 얻는 것은 내게는 손해를 뜻하므로, 질투는 우리의 기본 정신이며 남이 안 되는 것을 기뻐하고 남이 잘되도록 돕지 않는 것은 우리의 기본 전통이다. 우리는 남의 고통을 불쌍히 여기기는 하지만 사실 그것은 동정이 아니라 자신이 안전하다는 것을 확인하는 자기 위안이다. 오직 남의 성공이 내 기회를 늘려 주는 사회에서만 사람들은 남이 즐거워하는 것을 보고 자신도 즐거울 수 있다.

이런 방식으로 페이샤오퉁은 미국을 비롯한 서양에서 사람들이 어떻게 자유롭게 즐거운 감정을 노출할 수 있는지, 또 남이 즐거워하는 것을 보고도 어떻게 미워하지 않을 수 있는지 설명했다.

사회의 이런 눈총으로 인해 우리는 점차 '점잖게' 변하고 감정은 내적인 활동이 돼 버린다. 마치 어릴 때부터 손발을 부지런히 안 쓰면 결국 반응이 둔해지는 것처럼. 아파서 한 달만 침대 신세를 져도 걷는 게 뜻대로 안 되게 마련이다. 감정 얘기만 나오면 중국인이 꼭 빼놓지 않는 눈물을 제외하고서 우리의 감정은 확실히 마비돼 있다. 우리는 쉽게 흥분하지 않아서 욕설과 저주로 싸움을 대신한다. 환호할 줄도 몰라서 박수 치는 게 부자연스럽고, 조소와 풍자로 축하를 대신한다. 우리는 이해와 권력에 집착

해 지나치게 염려하고 좀스럽게 이득을 따지느라 감정을 발산할 때의 만족감과 상쾌함을 잃어버렸으며, 이 때문에 감정에 문외한이 되었다. 우리가 사랑을 이해하기 힘든 것은 사랑의 전제가 나를 잊고 내가 없는 것이기 때문이다. 이해득실은 사랑의 반대편에 있다.

페이샤오퉁은 또 말하길, 중국에는 간신히 모성애가 있을 뿐, 다른 사랑은 없다고 했다. 전통 사회에서 결혼은 "두 가문의 외교적인 결합이었고, 농촌에서 아내를 들이는 것은 무임금 여성 노동자를 고용하는 것이었다. 부부가 서로를 손님처럼 공경하는 것은 그들 사이를 항상 친밀한 장애물로 갈라놓았다." 그러고 나서 그는, 내가 젊었을 때 처음 이 책을 읽을 때는 기억에 남지 않았던 이 한마디를 서술했다. "만약 우리 중에 이성에 대한 호감으로 맺어진 이들이 있다면, 그들은 사회에서 멸시받는 홍등가에 있다." 이것은 『해상화』海上花*에 대한 장아이링張愛玲**의 해석과, 이를 이어받아 허우샤오셴侯孝賢이 찍은 영화 『해상화』의 기본 입장이 아닌가? 알고 보니 페이샤오퉁이 장아이링보다 더 일찍 이야기했던 것이다. 또 그는 "하지만 매매 관계 위에 만들어진 그런 감정은 진실하게 표현되는 경우가 극히 드

---

* 1894년 출판된 연애소설로, 한방경(韓邦慶)이 상하이의 기루에서 벌어지는 천태만상을 상하이 사투리로 썼다.(옮긴이)
** 1940년대 중국 문단을 대표하는 여성 작가로 『경성지련』, 『색계』 등 애정 소설을 주로 썼다.(옮긴이)

물다. 더욱이 사랑과 소유는 상호대립적이기도 하고 또 남
녀가 동등한 인격을 못 가져서 상호존중하지 못하는 관계
에서는 현대 서양식의 사랑이 생겨날 가능성이 없다."고 말
했다.

귀신이 있는 세계와 귀신이 없는 세계

페이샤오퉁은 컬럼비아대학에 가서 연구하며 자신의 사회
학 저서 『향토 중국』을 쓸 준비를 했다. 대학에서는 그에게
연구실을 제공했고 조교가 그를 데리고 연구실을 보여 주
러 가면서 미리 양해를 구했다. 연구실 문에 아직 그의 명패
를 못 걸었기 때문이다. 그런데 페이샤오퉁은 문에 걸린 '로
버트 파크'Robert Park라는 명패를 보자마자 엉뚱하게도 "이
명패를 계속 걸어 주십시오."라고 말했다. 왜 이런 말을 했
을까? 그 연구실이 마음에 안 들어서 그랬을까? 그 연구실
을 쓰려면 자기 명패로 바꿔 다는 게 당연했다. 사실 로버
트 파크는 페이샤오퉁이 옛날 옌징대학*에서 만난 교수였
다. 옌징대학은 당시 미국이 중국에 반환한 경자庚子 배상
금**으로 설립되었기 때문에 교내에 미국인 교수가 많았
다. 로버트 파크는 자신에게 사회학의 기초를 가르쳐 준 스

---

* 베이징대학의 옛 이름.(옮긴이)
** 8개국 연합군의 의화단의 난 진압 후 체결된 신축조약(1901)에
서 중국이 열강에게 물어 주기로 한 배상금. 미·영 등은 이를 일부 반
환했고 이 돈은 주로 대학 설립·유학생 지원 등 중국의 교육 분야에
사용되었다.(옮긴이)

승이었으므로 페이샤오퉁은 기꺼이 스승의 연구실을 사용하기로 했다. 여기에는 어떤 계승의 의미가 깃들어 있었던 것 같다.

『처음 미국에 가다』에서 페이샤오퉁은 이 일을 예로들어 중국인은 전통을 중시하며 이것은 많은 이들이 관찰하고 분석했던 문화적 특성이라고 말한다. 미국에 갔을 때그는 당연히 중국인과 비교해 미국인은 그리 역사를 중시하지 않을 것이라고 생각했다. 하지만 어떤 미국인은 이에대해 반박하면서 "이봐요, 미국 아이들은 뉴욕에 가면 꼭자유의 여신상을 참관하고 거기에서 미국 독립혁명과 프랑스대혁명 사이의 역사적 관계를 돌아본답니다."라고 말했다. 사실 미국인도 옛날 유적을 매우 중시해서 곳곳에 각양각색의 '고택'이나 기념관을 세워 놓았다. 또 미국 아이들의 미국사에 대한 이해는 중국 아이들의 중국사에 대한 이해보다 꼭 뒤진다고는 말할 수 없다.

미국인의 자기 인식에 따르면 그들과 역사 사이에는어떠한 장벽도 없었다! 이에 대해 페이샤오퉁은 다음과 같이 비교분석했다.

내가 만난 친구는 일부러 내 착각을 교정해 주려는 듯이 매번 선조에 대한 자신들의 관심에 특별히 주목하게 했다. 그것은 전부 사실이었다. 하지만 나는 전통에 대한 그들의 인식이 어느 정도 인위적이고 이지적이며 만들어진 것이라는 느낌이 들었다. 그것은 우리와 달랐다. 내가 그렇게 느낀 까닭은 미국인에게는 귀신이 없다는 것을 깨달았기 때문이다. 전통은 구체화되고, 삶의 일부가 되고, 신성한 것이 되고, 두렵고 사랑스러운 것이 되었을 때 귀신으로 변한다. 이 지점에서 나는 또 중국 문화의 내적 아름다움을 실감한다.

중국 문화의 내적 아름다움은 귀신의 존재에서 비롯되며, 그는 "귀신이 있는 세계에서 살 수 있어 행복하다."고 말했다. 그러고는 자신의 어릴 적 경험을 돌아본다.

어릴 적 우리 집은 중간에 가세가 기우는 바람에 이미 큰 건물이 너덧 채 늘어선 대저택은 아니었지만, 그래도 꽤 널찍한 복층집이기는 했다. 그런데 그중 절반이 넘는 방은 항상 잠긴 채 무슨 백부·숙부가 가끔 돌아올 때만 내주었고 나머지 절반은 종일 햇빛이 안 들어서 평소에 기거하는 방은 장작더미 뒤편의 큰 부엌, 화원과 맞닿은 작은 방 등 사실 몇 칸도 채 안 됐다. 아이들은 옛날이야기에나 나올 듯한 이런 으슥한 장소를 떠올리기만 해도 바들바들 떨었다. 그런 쓸쓸하고 어두운 집에서 인간의 세계는 귀신의 세계보다 훨씬 작았다.

그것은 귀신이 인간보다 더 많이 나타나고 또 귀신이 차지하는 공간이 인간보다 더 큰 세계였다.

서재에서 침실로 가려면 창문에 철망이 달린 방을 지나야 위층으로 올라갈 수 있었다. 나는 그 방을 평생 잊을 수 없다. 정오에도 구석에 쌓인 물건이 뭔지 분간이 안 될 만큼 안이 어둑어둑했다. 나는 멀쩡히 눈을 뜨고 그 앞을 지나가 본 적이 없었던 것 같다. 하여튼 그것은 내가 매일 위험을 무릅써야 하는 여정이었고 지금까지도 나는 그 방이 귀신 세계의 중심이었다는 것을 감히 부인하지 못한다.

그런 환경은 사람의 마음에 두려움을 일으키게 마련이다. 하물며 이런 일도 있었다.

누군가 귀신을 갖고 아이들을 겁주거나 놀리지 않는 날이

단 하루도 없었다. 침대에서 계속 울고 있으면 어른이 손을 놓고는 "저 방의 귀신한테 너를 잡아가라고 할 거야."라고 했고 신경질을 부리면 또 귓가에 대고 "너, 철망 달린 방으로 데려간다."라고 했다. 그리고 여름에 마당에서 더위를 피하고 있을 때 어른을 붙잡고 옛날이야기를 해 달라고 하면 어김없이 귀신을 물리치는 이야기가 나왔다. 나는 초목과 동물의 이름은 많이 몰랐지만 귀신 이름은 막힘없이 줄줄 외울 수 있었다. 이것은 절대 과장이 아닌데, 나처럼 작은 마을에서 자란 사람에게는 어린 시절 인간과 귀신이 똑같이 생생하고 구체적이었다.

사람의 일은 잊을 수 있지만 귀신의 일은 잊을 수 없다. 나는 지금까지도 똑똑히 기억하고 있다. 형이 이 층에서 하녀가 방문을 닫는 것을 보았는데, 아래층에 내려가 보니 그녀는 줄곧 거기 있었고 이 층에는 올라간 적도 없었다는 것을. 지금 생각해 보면 이 일은 꼭 내가 겪은 것처럼 친근하기 그지없다. 바로 이렇게 어릴 때부터 절반은 귀신의 세계에서 자랐기 때문에 나는 귀신에 대해 관심이 아주 많다. 두려움은 서서히 호기심으로 변했고, 호기심은 애착으로 변했다. 심지어 귀신 없는 세계에서 자란 사람이 조금 안타깝기까지 하다.

미국 체류 생활이 1년이 다 되어 갈 즈음, 그에게 가장 생소했던 것은 아무도 그에게 귀신 얘기를 하지 않는 것이었다. 그런 귀신 없는 세계를 그는 절대 추켜세우고 싶지 않았다. 그리고 또 아래와 같이 말한다.

귀신에 대한 나의 태도가 점차 변하기 시작한 것은 할머니가 돌아가신 해부터였다. 할머니가 돌아가신 지 얼마안 된 어느 날, 나는 혼자 앞뜰에 앉아 할머니의 침실 쪽을바라보고 있었다. 정오가 가까운 시간이었다. 평상시에할머니는 이때만 되면 부엌에 가서 점심 준비가 잘 되었는지 살폈다. 그리고 할머니가 부엌을 둘러보자마자 서둘러 상이 차려졌다. 이것은 내게 매우 익숙한 광경이었다.할머니가 돌아가신 뒤에도 이런 일상생활의 패턴은 전혀변하지 않았다. 장롱·의자·침상·돗자리의 위치조차 전과 다름없었다. 매일 정오만 가까워지면 나도 평소처럼허기를 느꼈다. 내 잠재의식 속 그런 광경에는 할머니의평소 규칙적인 거동이 빠져서는 안 되었고, 그래서 그날나는 할머니의 그림자가 침실에서 나와 부엌으로 들어가는 것을 본 것 같았다. 만약 그때 내가 귀신을 본 것이라면 그것이 내 인생 최초의 경험일 것이다.

하지만 그는 두렵지 않았고 심지어 이상하지도 않았다.

왜냐하면 그 광경이 합리적이고 익숙했기 때문이다. 잠시 후 할머니가 이미 돌아가셨다는 게 떠오르고 나서야 조금 멍해졌다. 두려움은 절대 아니었다. 일어나지 말았어야 할 일을 맞닥뜨렸을 때 생기는 슬픔이었다. 동시에 그 아름다운 광경이 다시 재현되었으며 앞으로도 사라질 리 없다고 깨달았던 것 같다.

이어서 그는 또 말한다.

현재의 상실은 단지 시간적으로 조금 어긋난 것에 불과하다. 그런 어긋남은 내 느낌에 회복할 수 있을 것 같다. 그런데 영원불멸의 계시가 마음에 엄습하면 우주는 또 다른 판도를 펼친다. 그 판도 속에서 우리의 삶은 시간 속을 그저 통과하는 게 아니라 한순간을 지나가면 그 한순간을 잃고 한 정거장을 지나가도 그 한 정거장을 잃는다.

미국의 아이들은 이미 귀신 이야기를 못 듣게 됐다. 그들은 1센트를 들고 드러그스토어에 가서 『슈퍼맨』을 사서 본다. 초능력자는 결코 귀신이 아니다. 초능력자는 현실의 능력이나 미래의 가능성을 대표하지만 귀신은 과거의 누적된 기억과 경외감을 상징한다.

왜 미국 사회에는 귀신이 없는 걸까?

"너는 누구인가"에서 "너는 무엇을 하는가"로
정말로 흥미로운 시대였다. 사회학자가 감히 미국 사회에는 귀신이 없다고 공언하고 나아가 비실증적인 언어로 미국에 왜 귀신이 없는지 설명했으니 말이다. 그는 "귀신이 어떻게 미국의 이런 도시에 발붙일 수 있겠는가? 사람들이 조수처럼 유동해서 사람과 사람 사이는 말할 것 없고 사람과 땅 사이에도 불사不死의 연관성이 생길 리가 없다."고 했다.

귀신은 인간의 어떤 특정한 환경에서만 존재할 수 있다. 그래서 페이샤오퉁은 사람들에 대한 관찰을 통해 자신의 추론을 이어간다. 우선 그는 친구 집에 가서 친구의 딸을 만난 일을 예로 든다. 열여덟 살인 딸은 쉴 새 없이 담배를 피워 아빠에게 잔소리를 들었지만 들은 척도 하지 않았다. 그리고 페이샤오퉁에게 "저는 이미 열여덟 살이에요. 엄마 아빠는 제가 담배 피우는 것에 대해 뭐라고 할 수 없어요. 저는 다 컸으니까요."라고 했다. 이어서 나이 든 어느 교수에 대해 말하는데, 그 교수는 아들과 함께 같은 대학에서 학생들을 가르쳤다. 하지만 두 사람은 따로 살았으며 아들이 그를 보러 오는 일은 거의 없었다. 페이샤오퉁이 그 노교수의 집에 들렀을 때는 그의 부인이 떨리는 손으로 커피를 대접했다. 그때 페이샤오퉁은 마음이 아팠다.

또 그는 하버드대학에 가서 교직원 기숙사에 머문 적이 있었다. 그때 백발의 노인과 늘 같은 테이블에서 식사를 했다. 그 백발의 노인은 틀림없이 저명한 교수였지만 1년 내내 기숙사에 살면서 매일 구내식당에 내려와 밥을 먹었다. 그러던 어느 날, 그 노인이 웨이터에게 "내가 내일도 여기 내려올 수 있을지, 또 내려와서 밥을 먹을 수 있을지 잘 모르겠네."라고 말했다. 이 말을 듣고 페이샤오퉁은 가슴이 에이는 것 같았다. 그래서 잠시 후 그 웨이터를 붙잡고 묻지 않을 수 없었다. "그분 집은요? 집이 어딘가요?"라고 말이다. 하지만 웨이터는 대답하지 못했다. 페이샤오퉁이 말하는 '집'의 뜻, 사람은 모름지기 '집'이 있어야 한다는 관념을 이해하지 못했기 때문이다.

이런 예를 열거한 페이샤오퉁의 의도는 이랬다. 사람이 죽기도 전에 먼저 이 세계와의 연결이 끊어져 버리니, 이런 식이면 당연히 귀신이 있을 리 없다는 것이었다. 귀신이 존재하는 논리는 이와 정반대이다. 그것은 누가 죽더라도 이 사회나 이 세계와의 연결이 즉시 끊어질 리 없다는 것이다. 페이샤오퉁이 본 미국 사회의 가장 중요한 특징은 정말로 '귀신의 소멸'이었다. 이것은 실로 아이러니였다. 왜냐하면 당시 중국인은 서양인을 볼 때마다 '서양 귀신'洋鬼이라고 불러 댔기 때문이다. 하지만 페이샤오퉁은 미국에 가서 그 '귀신'들의 가장 큰 문제가 귀신이 없는 것이라는 결론을 얻었다. 그들은 귀신이 없어진 탓에 귀신이 있는 중국인과 전혀 다른 종류의 인간이 되고 말았다.

오늘날의 기준으로 보면 페이샤오퉁은 지나치게 대담했다. 그의 관찰은 흥미롭기는 해도 실증적인 검증을 통과하기 어렵다. 적어도 완벽한 논증을 통해 검증되지는 못한다. 미국은 넓고 크며, 그가 본 것은 미국의 일부일 따름이었다. 그는 미처 포크너의 소설을 못 읽은 것으로 보이는데, 포크너는 어디에나 귀신이 있고 귀신과 인간이 밀접하게 공존하는 남부의 환경을 묘사했다. 페이샤오퉁은 미국 남부에 가 보지 못했고 미국의 북부와 남부의 거대한 차이를 인식하지 못했다.

페이샤오퉁의 서술은 미국 남부와는 안 맞지만 헤밍웨이의 미국과는 거의 맞아떨어진다. 포크너와 헤밍웨이는 나이도 비슷하고 노벨문학상도 연이어 수상하긴 했지만 서로 완전히 딴판이었다. 한쪽은 남부를, 다른 한쪽은 북부를 대표했다. 포크너는 가족과 가문의 기억이 영원히 남아 있는 환경에서 살았고 헤밍웨이는 원자화된 개인으로 고독하게 살았다.

포크너의 남부에는 사회적 유대에서 비롯된 신분 질서가 여전히 남아 있었다. 남부에서 그리고 포크너의 소설 속에서 "너는 누구인가?"라는 질문에 대한 답은 사람과 사람 사이의 관계 속에서 찾아야 했다. 만약 페이샤오퉁이 미국 남부에 갔다면 분명 이 점 때문에 편안한 기분이 들었을 것이다. 중국 전통 사회의 관습과 비교적 비슷했기 때문이다.

중국 전통 사회에서 "너는 누구인가?"의 대부분은 태어나자마자 결정된다. 너는 누구의 아들이고, 너는 누구의 동생이고, 너는 누구의 손자이고, 너는 누구의 형제의 아들이었다. 그리고 자란 뒤에는 너는 누구의 남편이고, 너는 누구의 아내이고, 너는 누구의 아버지이고 어머니였다. 이것이 문제의 표준적인 답이었다. 사람과 사람 사이의 혈연 관계가 네트워크를 형성하고 그 네트워크 속의 위치가 "너는 누구인가?"를 결정했다.

포크너 소설 속의 충돌과 모순은 흔히 "나는 누구인가?"에서 비롯되며, 스스로는 "나는 누구인가?"를 결정하지 못한다. 심지어 산 사람들 모두가 "나는 누구인가?"를 결정하지 못해서 죽은 사람이 가진 기억의 끊임없는 중개와 간섭에서 못 벗어난다. 포크너는 그렇게 혼란하고 불안하며 발버둥 치는 영혼의 상태를 표현했다.

헤밍웨이의 소설에는 그런 문제가 없다. 헤밍웨이는 18세기 프랑스대혁명 이후 유럽 '현대' 사회의 주류를 대표한다. 서구 사회의 기본 방향은 바로 "너는 누구인가?"가 더 이상 출생 신분에 의해 결정되지 않고, 출생 이후의 행위와 성취에 의해 결정되는 것이다. 이런 조류는 프로테스탄트 전통이 두터웠고 구원에 대한 불안과 신경증을 갖고 있던 미국 북부에서 최고조에 이르렀다.

그것이 바로 '양키'Yankees, 즉 미국 북부인의 특징이었다. 더 이상 "너는 누구인가?"를 중요시하지 않고 단지 "너는 무엇을 하는가?"라고 물었다. 북부인은 출생 신분의 이

점에 의지하지 않았고 출생 신분의 틀을 받아들이는 것도 원치 않았다. 그들은 모든 사람이 자신의 힘에 의지해 스스로를 만들어야 한다고 주장했다.

북부인이 세운 미국 사회는 "너는 누구인가?"를 탈피하여 네가 누구인지도, 네 아버지와 할아버지가 누구인지도 따지지 않았다. 너와 나 사이의 관계와 내가 너를 보고 평가하는 방식은 주로 "너는 무엇을 하는가?"를 기초로 수립되었다. 네가 무엇을 하는지에 따라 나는 너라는 사람을 존경하거나 경시했다.

이런 가치관은 미국 북부의 사회와 문화 속에 깊이 뿌리내렸다. 벤자민 프랭클린의 자서전은 그 가치관을 가장 분명하게 대표하고 있다. 이 책은 평생 쉬지 않고 산 한 인물을 조명한다. 그는 변변한 출신 배경도 없이 매일의 노력에 의지해 자신의 성취와 명성과 이미지를 만들어 냈다. 전형적인 자수성가형 인물이었다. 북부의 아이들은 성장 과정에서 빠짐없이 프랭클린의 자서전을 읽었다. 그의 도전 정신은 그들의 이상적인 본보기였다.

사람과 태생적인 신분 간의 연관성이 끊어지고 누구나 스스로를 책임지게 되면서 많은 가능성이 열렸다. 북부는 노예제도를 반대했다. 경제적 원인도 있었지만 그런 기본 가치관과 신념의 작용도 무시할 수 없다. 누구든 어떤 사람으로 태어났느냐에 따라 사회에서 자기 자리가 고정되어서는 안 된다. 사람은 기회를 누리고 자신의 힘으로 삶을 꾸려 가는 한편, 스스로 어떤 사람이 될 것인지 결정할 수 있어야 한다. 이런 신념은 사람들에게 방대한 자유를 주었지만 이에 상응하여 방대한 불안을 주기도 했다. "너는 무엇을 하는가?"가 고정적인 신분을 나타내지 않을 것이므로 좋은 쪽으로 보면 누구도 영원한 낙인이 찍혀 의기소침하게 살지 않아도 된다. 그러나 나쁜 쪽으로 보면 무슨 일을 하는지가 오래 효과를 발휘하는 호신부*의 역할을 하지 못해서 누구든 끝도 없이 자신을 증명하고 긍정적으로 드러내는 일을 해야만 한다. 전에는 어떤 신분만 있으면 그 신분에 의지해 안정적으로 계속 살아갈 수 있었는데 말이다.

헤밍웨이는 그런 특수한 북부식 가치관의 산물이었다. 그는 인생을 권투 경기로 상상하여 연이어 링에 올라 승부를 겨뤘다. 글쓰기에서도 그의 태도는 다르지 않았다. "나는 젊었을 때 내 자신이 챔피언인 것을 증명한 적이 있고 지금은 새로운 도전자가 나타나 위용을 뽐내고 있다. 하지만 너무 일찍 나를 도외시하지 말기를. 나는 다시 링에 올라 내가 더 좋은 글을 쓸 수 있고 또 내가 훌륭하다는 것

---

* 몸을 보호하기 위하여 몸에 지니는 부적.(옮긴이)

195

을 다시 증명할 것이다."라는 식이었다. 여기에는 자부심이 있긴 했지만 자부심에 뒤따르는 불안감도 있어서 끝도 없이 분발하고 자신을 증명해야 했다. 노벨문학상을 받았지만 그것으로 자신을 훌륭한 문학가로 결론짓고 그 신분에 의지해 편안한 나날을 보낼 수는 없었다. 그것은 남들이 그의 숭고한 신분을 인정하고 그를 존중하느냐는 문제가 아니었다. 멈추지 않는 불안이 그의 내면 깊숙이 자리한 채 더 분발하고 노력하라고 그를 계속 자극하고 독촉했다.

미국의 노인

이런 인생의 이미지에는 불안이 가득하다. 특히 노화를 어떻게 대하느냐가 가장 까다롭다. 『처음 미국에 가다』를 썼을 때 페이샤오퉁은 40세 언저리였다. 중국에서 40세가 된 사람의 가장 큰 바람은 어서 원로가 되어 후배들의 존경과 시중을 받는 것이었다. 그러나 미국에서 페이샤오퉁은 남에게 함부로 늙었다고 말하면 안 된다는 것을 깨달았다. 이런 차이도 그는 사회학적으로 설명했다.

중국 사회에서 사람들은 절대적으로 가장에게 의존했다. 가장은 토지 소유자였고, 토지는 모든 것의 근원이었다. 사람들은 가장에게서 토지가 인계되기를 기다릴 수밖에 없었는데, 이것은 바꿔 말해 언젠가 자기가 가장이 돼야만 토지에 부속된 갖가지 지위와 이점을 누릴 수 있다는 것이었다. 그리고 나이가 많을수록 토지를 관장할 기회가 많았다. 그러나 미국 같은 사회에서 사람의 지위와 이점은 물려받은 신분이 아니라 세상에서 하는 일에 달려 있다. 그렇다면 확실히 나이가 많을수록 뭘 할 수 있는지 증명하기가 어렵다.

미국인의 지위와 성취는 정해진 방식대로 누적되지 않는다. 누적이 안 된다면 나이가 든다는 것은 곧 갈수록 노력하고 분투할 공간이 줄어든다는 뜻이다. 그런 사회에서 노인은 존칭이 아니며 노인은 심지어 명확한 이미지조차 갖지 못한다. 예전 중국의 노인과 정반대로 미국에서 노인은 의식적으로 기피해야 하는 칭호로서 누구나 영원히 늙지 않고 싶어 한다.

다른 방식으로 말해 보면 노인은 미국 사회에서 애매모호함과 기피로 정의된다. 우리는 이것을 배경으로 삼아 헤밍웨이의 『노인과 바다』를 이해해야 한다. 이 책의 원제는 'The Old Man and the Sea'이다. 그리고 소설의 처음부터 끝까지, 소년이 몇 번 '산티아고'라고 부른 것을 제외하고는 어부인 주인공은 'the old man', 즉 노인, 늙은이라고 불린다. 노인인 것이 그의 가장 근본적이고 전면적인 특징인 것이다.

그것은 헤밍웨이가 스스로에게 부여한 도전이었던 것으로 보인다. 미국 사회가 직시하려 하지 않고 나아가 정의하려고도 하지 않는 '노인'에 대해 글을 쓰려 했기 때문이다. 그는 노인에 대한 소설을 쓰면서 사회 속에서 거의 절대적으로 고독한 노인이라는 존재를 처음부터 명확히 인식하고 있었다. 헤밍웨이는 가장 고독한 소설을 썼다.

앞에서 언급한 대로『노인과 바다』는 베스트셀러 역사상 유일하게 여주인공이 안 나오는 소설일 것이다. 이런 관점은 사실 이 소설의 특징을 제시해 주지는 못한다.『노인과 바다』에는 여자가 안 나올 뿐만 아니라 등장인물 자체가매우 적기 때문이다. 도스토옙스키의『지하생활자의 수기』같은 미친 듯한 독백을 제외하고는 우리는 서양 고전 중에서『노인과 바다』보다 등장하는 캐릭터가 더 간소한 작품은 찾을 수 없을 것이다.

이 4만 자쯤 되는 소설에는 기본적으로 노인만 등장한다. 맨 처음에 소년이 나오고 끝에서 그 소년이 다시 출현하지만 나머지 부분에서는 오직 혼자 사는 그 노인밖에 없다. 소설의 대부분을 차지하는 내용도 그 외로운 노인의 마음속 독백이다. 그는 말할 상대가 없어 자기 자신에게 말할 수밖에 없다.

이 소설은 노화라는 현상을 조명했고, 헤밍웨이가 보기에 노화의 가장 핵심적인 징표는 고독이었다. 이것은 모더니즘의 내향화 사조가 소설을 통해 인간의 의식과 느낌의 전개를 깊이 파고든 것과 호응한다. 하지만 일반적인 모더니즘 소설과 달리 헤밍웨이는 이 고독한 소설을 그리 난해하게 쓰지는 않았다. 우리는 앞에서 거트루드 스타인이 어떻게 인간의 의식을 표현했는지 살펴보았다. 그 밖에 제임스 조이스나 버지니아 울프의 다른 모더니즘 작품을 봐도 헤밍웨이가 다른 길을 갔음을 알아차릴 수 있을 것이다.

헤밍웨이는 고독한 소설을 썼지만 이 고독한 소설은 조금도 무미건조하지 않다. 이틀 밤낮에 걸쳐 일어난 사건을 서술했고 대부분의 시간을 노인 혼자 보내도록 설정했는데, 이런 조건에서 어떻게 무미건조하지도 난해하지도 않게 글을 쓸 수 있었을까? 헤밍웨이의 글쓰기 전략은 노인을 하나의 장소와 하나의 상황 속에 던져 넣는 것이었으며, 그 장소는 제목의 절반에 해당하는 '바다'였고, 상황은 헤밍웨이가 가장 흥미로워하고 또 가장 익숙하게 여기는 '대결'이었다.

이 소설이 무미건조하지 않은 이유는 노인 산티아고가 혼자 배에 있기는 해도 수시로 대결 상황에 처하기 때문이다. 낚싯바늘에 걸리고도 바다에서 산티아고의 작은 배를 끌고 다니는 큰 청새치가 당연히 그의 주된 적수이다. 하지만 때로 바다도 그의 대결 상대가 되고 또 그 자신과 늙어버린 몸, 피투성이가 된 두 손도 각기 다른 순간에 그를 시험하고 그가 극복해야 하는 힘으로 바뀐다.

목숨을 건 결투의 의의

그 거대한 청새치와 마주치자마자 산티아고는 자신보다 훨씬 강력한 적수를 만났음을 깨닫는다. 그 결과 그는 두 가지 전혀 다른, 심지어 상반되고 충돌하며 모순되는 반응을 보인다. 첫 번째로, 과거에 많이 보고 겪은 적이 있어서 그는 그게 어떤 일인지 알았으며 또 이긴 적도 있고 어떻게 이겨야 할지도 안다고 자부했으므로 당연히 항복하지 않는다. 하지만 이미 젊은 나이가 아니어서 항복하지 않겠다는 마음만으로는 더 큰 힘을 내기에 부족했다. 그는 자기가 언제든 실패할 수 있다는 사실과 맞닥뜨린다.

비록 이전에 수많은 물고기와 싸워 봤지만 산티아고는 이번에 정말로 일생일대의 적수를 만났다. 그는 혼자서약 2.5미터밖에 안 되는 조각배를 타고 있었는데, 그의 낚싯줄에 매달린 것은 길이 5.5미터로 배보다 두 배 이상 큰 청새치였다. 처음에 그는 그 물고기가 얼마나 큰 줄 몰랐고, 물고기는 미끼를 삼키자마자 바닷속에서 헤엄쳐 갔으며 수면 밖으로 나오지 않았다. 산티아고는 줄을 풀었지만 다시 감아올릴 방법이 없어 억지로 잡아당겼고 그 후로는 배에 탄 채로 물고기에 끌려가게 된다.

그는 낚싯줄을 등에 맨 채 끈질기게 버티면서도 물고기가 자기를 어디까지 끌고 갈지도, 어떻게 그 물고기를 상대해야 할지도 몰랐다. 이 소설은 바로 그런 비상 상황을 기록했다. 헤밍웨이는 일상적인 삶에 관해 소설을 쓸 줄 몰랐다. 물론 일상생활에서 아무 사건도 일어나지 않는 것은 아니다. 누구는 말다툼을 하고, 누구는 수천억을 횡령하고, 산길에서 자동차가 굴러떨어지기도 한다. 그러나 문제는 일반적으로 세상을 대하는 '일상적 태도', 즉 특수하고 긴장된 정서적 맥락 속에 못 들어가는 그 태도이다. 사람들은 극적인 사건을 대할 때도 그저 평범한 반응과 감수성만 보이곤 한다.

『무기여 잘 있거라』에서 그는 이미 보여 준 적이 있다. 똑같은 남녀의 사랑이긴 했지만 죽음과 전쟁의 위협에서 수시로 아드레날린 분비량을 높게 유지해야 했기에, 또 두려움과 두려움에 대한 억제 속에 살아야 했기에 전혀 다른 의의를 낳았다. 『노인과 바다』 역시 그 논리에 따라 긴장된 감정을 그리려 했다. 단지 차이가 있다면 산티아고를 긴장시킨 것은 죽음이 아니었다. 산티아고는 처음부터 끝까지 죽음을 떠올리지 않았고 죽음이 그에게 중요하지도 않았다. 단지 존경스러울 정도로 무시무시한 적수에게 절대 지지 않겠다는 의지가 더할 나위 없이 중요했다.

그는 자기가 노인인 것을 잘 알았으므로 더더욱 질 수 없었다. 혹은 자기가 늙었다는 것을 자각했으므로 청새치와의 사투에 또 한 가지의 의의가 생겨났다. 즉 청새치와 싸워 이기는 것은 노화에 굴복하지 않는 것과 같았다. 그는 꼭 이겨야 했다. 청새치와, 청새치가 상징하는 시간의 침식에 질 수는 없었다. 그 이틀 밤낮을 산티아고는 단순히 이 일과 이 생각만으로 버텨 냈다.

청새치와의 사투로 인해 산티아고는 그 2.5미터밖에 안 되는 작은 배에서, 일상을 초월하고 84일간 고기를 못 잡은 현실을 초월해, 훨씬 더 중요한 또 다른 삶의 영역으로 들어갔다. 그것은 얼마나 중요했을까? 그 스스로 그 잔혹하지만 몽환적인 영역을 절대 떠나려 하지 않았을 만큼 중요했다. 아무리 피곤하고 고통스러워도 그는 포기하지 않았고 포기할 생각도 없었다.

그는 자기 생명을 포기할 수는 있어도 그 대결을 포기할 수는 없었다. 기진맥진하고 잠까지 부족한 상태에서 "네가 죽든 내가 죽든 나는 아무래도 좋다."라고 말한다. 이것은 의미 없는 잠꼬대가 아니라 잠재의식의 밑바닥을 보여주는 말이다. 그는 어떻게든 계속 버티려 했고 그래서 그와 물고기가 완전히 하나로 연결됨으로써 그 스스로 낚싯줄을 놓을 가능성이 사라져 버렸다. 어쨌든 바로 그렇게 대결 관계로 묶인 채 그들은 마지막을 향해 치달았고 마지막에 가서는 그가 물고기를 죽이든 물고기가 그를 죽이든 모두 중요치 않아졌다.

여기에서 또 상이한 승부 개념이 나타난다. 그는 대결에서 이기려 했는데, 만약 물고기에게 살해되면 패하는 게 아니었을까? 아니, 그렇지 않았다. 물고기에게 살해되는 것은 괜찮았다. 그가 받아들일 수 없었던 것은 포기하고 물러나는 것이었다. 자신의 목숨을 건지려고 그 대결에서 물러나는 것, 그것이야말로 산티아고 혹은 헤밍웨이가 절대 받아들일 수 없는 패배였다.

다른 식으로 말하면 그 대결은 막 시작됐을 때는 자아

와 타자self and the other 사이에 존재했지만 나중에 그 관계는 점차 희석되어, 갈수록 자기 의지와의 승강이처럼 돼 버렸다. 본래의 승부는 자신의 의지로 상대를 압도해 그 청새치의 의지를 꺾고 자기 배로 끌어 올릴 수 있느냐 없느냐에 달려 있었다. 하지만 시간이 지남에 따라 이 대결은 갈수록 치열해졌고 더는 단순히 물고기를 낚아 올릴 수 있느냐 없느냐의 문제가 아니게 되었다. 배가 청새치에 의해 먼 바다로 끌려가면서 먹을 것도 마실 것도 없는 산티아고는 별 탈 없이 돌아갈 가능성이 줄어들었다. 다시 말해 정말로 청새치는 산티아고의 생명을 앗아 갈 가능성과 기회를 얻었다.

바로 그때, 대결의 성격이 은밀하게 변했다. 산티아고는 죽는 게 두렵지 않았다. 그는 자신의 의지와 대결하는 쪽으로 바뀌었고, 자신이 그 시험을 견뎌낼 수 있고, 그 엄청난 물고기와 맞설 만한 자격이 있음을 증명하려 했다. 이 단계로 접어들면서 청새치는 그가 이겨야 하는 타자 이상의 것이 되었다. 그와 그 물고기, 본래의 두 적수 사이에 특별한 관계가, 심지어 특수한 감정이 생겼다.

서로가 서로를 정의하게 하는 사투

『노인과 바다』의 첫머리에서는 산티아고가 외롭게 혼자 살아가는 모습이 나오며, 이것은 바로 페이샤오퉁이 묘사한 미국 노인들의 상황이다(소설 속 산티아고는 쿠바인이긴 하지만 소설을 쓴 헤밍웨이는 영락없는 미국인이다). 그의 곁에는 친지가 아무도 없었다. 유일하게 가까운 사람은 그와 아무 혈연관계도 없는 소년이었는데 그 소년의 부모는 아들이 산티아고와 너무 가깝게 지내는 것을 바라지 않았다. 그는 바다에 나가서 그 거대한 청새치와 30여 시간이나 사투를 벌였고 마침내 그 물고기는 배 주변을 빙빙 돌게 되었다. 이윽고 산티아고가 낚싯줄을 거두기 시작하자 청새치는 조금씩 위로 떠올랐다. 그 순간, 온 세상에서 산티아고와 가장 가까운 존재는 바로 그 청새치였다.

청새치는 이 세상에서 유일한 그의 친구였다. 그래서 그는 지칠 대로 지쳐 혼미한 상태에서, 어처구니없긴 하지만 한편으로 심오한 진리가 담긴 듯한 말을 자기 자신에게 내뱉는다. "그래도 다행이야, 우리는 태양을 죽일 필요는 없으니까 말이야. 그래야 된다면 얼마나 어렵겠어!" 만약 대결 상대가 태양이나 달이라면 확실히 골치가 아플 것이다. 상대가 너무 강하고 극복하기 어려워서 그런 것만이 아니다. 혹시나 이겨서 귀한 태양이나 달이 이 세계에서 사라지면 얼마나 슬프고 두렵겠는가!

그는 또 이어서 "우리는 그저 바다에 살면서 우리의 친구들을 죽일 따름이야. 더 어려운 일은 할 필요가 없지."라고 했다. 이 얼마나 서글픈 탄식인가! 그와 청새치의 대결은 삶에 의의를 부여했으며 공허하고 고독한 존재를 위로했지만, 대결의 결과는 또 다른 고독의 원천이었다.

그는 진퇴양난 속에서 살아갔다. 만약 자비심이 생기거나 두려움으로 인해 마음이 바뀌어 "됐다, 됐어. 우리 서로 죽이지 말기로 하자. 너는 네 갈 길을 가렴!"이라고 말했다면 그와 그 물고기는 서로 연결이 끊어져 그 대단한 청새치는 그저 바닷속의 여느 물고기와 다름없게 되었을 것이다. 산티아고 역시 바다의 여느 어부와 다름없어져서 그 대단한 청새치는 그에게 더는 어떠한 위안도 주지 못하게 되었을 것이다. 자신과 물고기 사이의 운명적인 관계를 계속 유지하려고, 그는 끈질기게 낚싯줄을 당기며 대결 속에 남아서 물고기를 죽이거나 물고기에게 죽어야만 했다.

이것은 얼마나 기묘하고 모순적인 감정인가! 『무기여 잘 있거라』를 읽고 초기 헤밍웨이 소설의 내적 긴장을 이해한 사람이라면 『노인과 바다』도 전쟁 상황의 특이한 확장으로 볼 수도 있을 것이다.

　세계문학사의 또 다른 전쟁 관련 명저이면서 역시 제 1차 세계대전을 다룬 작품으로 레마르크*의 『서부전선 이상 없다』가 있다. 이 작품에서 독자들에게 인상 깊은 한 장면은, 참호전 중에 주인공 파울이 밤에 정찰을 나갔다가 미처 아군 참호로 못 돌아왔을 때 적군인 프랑스군의 공격이 개시되어 벌어진 사건이다. 그는 어쩔 수 없이 전선의 어느 포탄 구덩이로 들어갔는데, 전선이 교차하면서 돌연 프랑스 병사 한 명이 그 구덩이로 뛰어든다. 이에 그는 본능적으로 달려들어 칼로 그 병사를 찌른 뒤, 당황해서 구덩이의 다른 쪽 끝으로 물러난다.

　프랑스 병사는 부상이 심했지만 바로 죽지는 않았다. 파울은 숨이 곧 넘어갈 것 같은 그의 신음을 계속 듣고 있다가 결국 못 참고 다가가서 구해 보려 한다. 하지만 구할 수 없었고 몇 시간 뒤 그는 사망한다.

　내가 한 일은 아무 의미도 없었다. 하지만 어쨌든 나는 무슨 일이든 해야만 했다. 나는 그 죽은 사람을 일으켜 좀 더 편히 눕혔다. 이미 아무것도 못 느끼게 되긴 했지만 말이다. 나는 그의 눈을 감겨 주었다. 그 한 쌍의 눈은 갈색이

* 독일계 미국 작가로 대표작은 1929년에 출판된 『서부전선 이상 없다』이다.

었고 머리칼은 까만색에 양쪽 끝이 약간 말려 있었다.

(⋯⋯) 그의 아내는 분명히 그를 그리워하고 있을 것이다. 하지만 그에게 무슨 일이 생겼는지 모르고 있다. 그는 자주 그녀에게 편지를 썼던 것으로 보이며 그녀는 다음날이나 일주일 뒤 받기도 하고 혹은 그것이 여러 곳을 거치는 바람에 한 달이 지나서야 받기도 했을 것이다. 그녀가 이 편지를 보았다면 그는 편지 속에서 그녀와 이야기를 나누었을 것이다.

이런 생각이 들었을 때 파울은 더는 어떤 부인할 수 없는 사실을 깨달을 수 밖에 없었다. 그는 자기가 죽인 프랑스 병사에게 중얼거렸다.

(⋯⋯) 전에 나에게 당신은 하나의 개념, 내 머릿속에 살아 있는 하나의 추상적 의식에 불과했기에 나는 그런 결심을 내릴 수 있었다. 내가 찌른 것은 바로 그 의식이었다. 하지만 이제 당신이 나와 같은 인간인 것을 확인했다. 전에 나는 당신의 수류탄과 칼과 소총만 염두에 두었다. 하지만 이제 당신의 아내와 당신의 얼굴과 당신과 나 사이의 공통적인 것을 확인했다. (⋯⋯) 왜 그들은 우리에게

당신들도 우리처럼 재수 없는 인간이라는 것을, 당신들의 어머니도 우리의 어머니처럼 초조해한다는 것을, 그리고 우리 모두 똑같이 죽음을 두려워하고 또 똑같이 죽거나 고통을 겪으리라는 것을 말해 주지 않았을까?

그의 눈앞에 있는 사람은 더는 적이 아니라 그와 똑같은 인간이었다. 그는 떨리는 마음을 부여잡고 시신에서 그 사람의 가죽 수첩을 찾아냈다.

(……) 수첩을 펴서 천천히 소리 내어 읽었다. 제라르 뒤발, 인쇄공.

그러고 나서 혼란스러운 생각에 잠겼다.

나는 제라르 뒤발이라는 이 인쇄공을 죽였다. 그러니 반드시 인쇄공이 돼야 한다. 나는 혼란에 휩싸인 채 '인쇄공이 돼야 해, 인쇄공이……'라고 생각했다.

적을 인간으로, 성과 이름과 아내와 딸과 직업을 가진 구체적인 인간으로 환원했다. 레마르크는 이런 방식으로 가장 강력하고 근본적인 반전사상을 표현했다. 동시에 다양한 층위에서 본 전쟁의 다양한 면모를 서술했다. 전쟁의 의미가 국가 대 국가의 층위에서 인간 대 인간, 개인 대 개인의 층위로 낮아지면 전쟁은 어떤 의미를 가질까? 각기 한 명의 독일인과 한 명의 프랑스인이었던 두 사람은 비좁은 구덩이 속에 함께 있었고, 그들 사이에는 전쟁이 존재하지 않았으며 존재할 수도 없었다. 그들은 실제 공간에서 서로 가까이 있었을 뿐만 아니라, 기본적인 삶의 형식과 가치관도 너무나 흡사했다. 레마르크는 이처럼 전쟁을 묘사함으로써 전쟁을 비판했다.

『서부전선 이상 없다』와 『무기여 잘 있거라』는 거의 동시에 출판되었으며 모두 제1차 세계대전을 소재로 다뤘다. 1932년, 나치가 기승을 떨치는 바람에 레마르크는 독일을 떠나 여러 나라를 전전하다 미국으로 갔다. 그가 미국에서 사귄 작가 친구들 중에는 헤밍웨이와 피츠제럴드도 끼어 있었다. 레마르크의 소설 『세 전우』Three Comrades는 미국에서 영화로 각색되었는데, 그 각본도 피츠제럴드가 썼다. 레마르크는 헤밍웨이를 대단히 존경해서, 언젠가 자기 친구에게 "헤밍웨이와 비교하면 나는 보잘것없는 작가라는 걸 알아 두게."라고 말하기까지 했다.

레마르크가 헤밍웨이를 존경한 이유 중 하나는 아마도 헤밍웨이가 어떻게 전장의 애매한 적대 관계를 확대해 『노인과 바다』 속 노인과 청새치의 관계로 써 냈는지 확인했기 때문일 것이다.

산티아고는 대결했기 때문에 청새치와 밀접한 관계를 맺었다. 대자연과 사투를 벌이는 과정에서, 대결 특히 영혼을 뒤흔들기에 충분한 힘든 대결은 적수를 동반자로 바꿔 놓곤 하며, 그런 특수한 '적수/친구'의 관계에서는 강력한 적수일수록 더 고귀하게 느껴진다. 그런 대결 속에 있지 않으면 그런 고귀함을 이해하지 못한다.

원래 인간은 인간이고 물고기는 물고기이며, 이 세계는 우리의 바깥에 존재한다. 하지만 대결, 특히 영혼을 뒤흔들기에 충분한 힘든 대결이나 목숨을 내건 대결은 이 세계에서 우리와 가장 관련 없어 보이는 것과 우리를 긴밀하게 연결시킨다. 투수와 타자, 링 위의 두 복서, 투우장의 투우사와 소, 망망대해에 있는 수백 킬로그램짜리 청새치와 84일이나 고기를 못 낚은 늙은 어부, 이들은 모두 대결 속에서 서로 간에 끊어지지 않는 연결 고리가 생기며, 적어도 대결 상황에서는 두 생명이 하나로 어우러져 서로가 서로를 정의한다.

헤밍웨이가 권투와 야구와 투우를 좋아한 것은 모두 대결이기 때문이었다. 어떤 권투 선수에게든 평생 잊을 수 없는 가장 존경하는 적수는 그가 쉽게 이긴 사람도, 반대로 그를 톡톡히 손봐 준 사람도 아니고 그와 15라운드 내내 사투를 벌인 사람이다. 두 사람 다 눈이 퉁퉁 부을 때까지 펀치를 주고받고 상대가 잘 보이지도 않는 상태인데도 계속 비틀거리는 스텝으로 싸웠던, 바로 그 적수이다. 그는 단숨에 자신을 박살 낸 적수는 미워할 것이고 반대로 자기에게 박살이 난 적수는 경시할 것이다. 하지만 그 또 다른 적수에 대해서는, 싸우던 중에 자신이 도대체 자기가 이기기를 바랐는지, 그 적수가 이기기를 바랐는지 생각이 잘 안 날 것이다. 누가 이기고 누가 지는 것이 무의미할 정도로 사투를 벌였기 때문이다.

왜 사람은 대결 상황으로 들어가려 하는 걸까? 바로 그 궁극의 적수가 주는 궁극의 고귀함을 체득하기 위해서다. 대결이 없이는 그런 적수가 존재하지 않으며, 영원히 그런 경지를 이해하지 못하고, 그런 감정도 이해할 수 없다. 고독한 사람에게 그런 대결은 때로 사랑에 빠진 것과 같아서, 갑자기 바깥에 존재하는 다른 모든 것이 중요치 않아지고 두 사람(두 적수) 이외의 세계가 사라져 버린다. 그래서 그 대결 관계만 남으며, 또 그것만으로 충분하다.

대결 관계로 접어들기 전, 산티아고 같은 노인에게는 일상적인 일 하나하나가 자신이 늙었고 늙어 가고 있다는 사실을 환기했을 것이다. 청새치와 대결하면서도 그는 젊어지지 않았으며 역시 자신이 늙었고 늙어 가고 있다는 것을 알고 있었다. 하지만 이때 그가 늙었다는 사실은 단지 그 거대한 물고기하고만 관련이 있었다. 외부 세계가 사라져 버려서 그는 더 이상 외부 세계로 인해 성가실 필요가 없었다.

그는 마치 영웅처럼 청새치에게 도전했다. 독자로서 우리는 그가 대결하고 도전하는 것을 쫓아가면서 이 소설이 분명 승부가 나자마자 끝날 것이라고 예상한다. 산티아고가 승리하고 또 비장하게 청새치를 포획하는 지점에서 소설이 끝나기를 너무나도 바란다. 그렇다. 기본적으로 우리는 모두 뼛속 깊이 나약한 이들이어서, 힘든 도전 뒤에는 승리와 기쁨과 안도의 한숨이 있기를 기대한다. 동시에 언젠가 장아이링이 비웃은, 소설을 읽으면 언제나 해피엔딩을 기대하는 기질을 뼛속 깊이 갖고 있기도 하다.

젊었을 때 나는 『노인과 바다』를 두 번째 읽으면서 청새치가 마침내 굴복하고 붉은 피가 수면을 물들이는 부분에 이르러 계속 읽을 힘을 잃고 말았다. 이어서 어떤 일이 벌어질지 알고 있었기 때문에 처음처럼 열중해서 계속 책을 읽을 수가 없었다. 순간 내 머릿속에 어김없이 "여기서 끝내면 안 될까?"라는 생각이 떠올랐다. 이제 나는 그런 저항과 망설임이 어디에서 비롯되었는지 알고 있다. 산티아고와 청새치의 결투가 끝나자마자 현실로 돌아왔기 때문이다.

알레고리의 관점에서 『노인과 바다』를 읽으면 상어는 확실히 영웅이 반드시 돌아와야만 하는 평범한 세계, 고귀한 정신을 외면하는 탐욕스럽고 잔혹한 외부 세계를 상징한다. 상어들은 산티아고가 어떻게 그 대단한 청새치를 이겼는지 신경 쓸 리 없었고 나아가 이해할 리는 더더욱 없었다. 상어는 피비린내를 쫓아 벌떼처럼 몰려와 뻔뻔스럽게 자신들이 원하는 것을 물고 가 버렸다.

소박하고 감동적인 인생철학

모더니즘 소설이 전통적인 소설과 가장 다른 점은 내재성이다. 외부의 극적인 사건을 기록하는 데 그치지 않고 인간의 내면을 탐색했다. 모더니즘 소설에는 성찰이 가득했으며, 깊이 파고들어 인간의 정신적 근원을 건드렸다. 그래서 모더니즘 소설의 서사 논리는 수직적이었고 넓이보다는 깊이를 추구했다.

그렇게 파고들어야 했으므로 모더니즘 소설의 주인공은 보통 작가 자신의 화신이거나 적어도 그와 매우 흡사한 인물이다. 항상 세계와 거리를 유지하고, 적응을 잘 못하고, 독서를 좋아하고, 이런저런 상상을 즐기고, 머릿속에서 혼잣말을 해 버릇하는 사람이 비교적 모더니즘 소설의 주인공으로 적합했다.

헤밍웨이의 대단한 점은 『노인과 바다』에서 대담하게도 매우 단순하고 책도 읽지 않아서 니체를 인용할 리도 없고, 바흐의 음악을 들을 리도 없고, 토마스 만의 『마의 산』을 갖고 출항할 리도 없는 사람을 소설 주인공으로 택한 것이다. 하지만 헤밍웨이는 산티아고를 단순하고 평범한 사람으로 묘사할 생각이 없었다. 이 산티아고라는 노인을 택한 까닭은, 위대한 대결 상황에서는 산티아고처럼 단순한 사람이라도 소박하지만 심오한 자신의 인생철학을 발현한다는 것을 독자들에게 이해시키기 위해서였다. 소박하기 때문에 더 감동적이다. 헤밍웨이는 산티아고를 박학한 철학자로 그리지는 않았지만, 소박한 삶에 대한 그의 성찰은 철학서나 경전의 내용과 비교해도 결코 얕지 않다.

산티아고의 인생철학을 이해하려고 『노인과 바다』를 다시 한 번 읽어도 괜찮다. 진지하게 집중해서 읽는다면 그가 정말 단순하면서도 동시에 단순하지 않다는 것을 깨달을 것이다. 단순한 까닭은 그의 생각과 혼잣말과 바닷속 청새치에게 건네는 말이 전적으로 늙은 어부의 정체성에 부합하기 때문이다. 단순하지 않은 까닭은 그 단순해 보이는 것들이 읽고 난 뒤에도 잊히지 않기 때문이다.

그 늙은 어부는 바다를 꼭 여성 명사로 불렀으며 젊은 이들이 바다를 남성으로 취급하는 것을 매우 낯설어했다. 그것은 그가 바다와 수십 년간 함께 지낸 경험에 또 여자와도 수십 년간 함께 지낸 경험이 덧붙여져 생긴 습관이었다. 바다는 여자과 마찬가지로 예측불허어서 때로는 거칠고 때로는 고요하다. 또 여자와 마찬가지로 통제 불가능하고 난폭하고 사악한 성질을 갖고 있는데도 사람들이 떠나지 못하게 만든다. 사람들은 자신이 통제하려고 애써 몸부림치거나 최소한 통제하고 있다는 환상이라도 만들어 내야 한다. 그럼으로써 자기가 바다와 여자를 통제할 수 있는 척해야 한다. 이것이 바다에서 수십 년을 지낸 늙은 어부의 자신에 대한 설명이자 변명이었다.

그의 경험에 비춰 보면 바다는 사악하고 난폭하지만

그것은 남자의 사악함과 난폭함이 아니다. 남자의 사악함과 난폭함은 목적이 있기 때문이다. 여자는 그렇지 않다. 여자의 사악함과 난폭함은 흔히 자제하지 못한 결과로서 흔히 내적인 자기모순이 건드려져 촉발된다. 그래서 바다는 여자와 마찬가지로 일부러 무엇을 파괴하려고 사악하거나 난폭한 것은 아니다. 그것은 부득이하며 바다의 본성에서 비롯된 것이다.

이런 식으로 바다의 이미지를 드러낸 것은 특이하고 심오하면서도 다른 한편으로는 매우 자연스럽다. 바다에서 지내 본 적이 없는 평범한 이들은 절대로 생각해 낼 수 없다. 이런 개념이 평생을 바다와 공존해 온 늙은 어부에게서, 이미 젊음이 지나가 버린 늙은 남자에게서 발현되니 대단히 설득력이 있다.

또 산티아고가 자신과 그 거대한 청새치의 관계를 거듭해서 생각하는 것을 예로 들어 보기로 하자. 수면 부족으로 머릿속이 몽롱해진 상태에서 그는 낚싯줄의 다른 쪽 끝에 있는 큰 물고기와 관련해 '죄'의 문제를 논하기 시작한다. "내가 너를 죽이는 게 옳을까?" 같은 문제가 그의 죄책감과 연결된다. 하지만 그것은 동물 보호나 생명 중시 같은 보편적인 죄책감이 아니라 당시 상황에 대한 의문에서 생겨난 죄책감이었으므로 훨씬 더 절실했다.

그는 대결 관계에서 자신은 이토록 그 물고기를 사랑하고 존중하지만 그래도 물고기를 죽일 수밖에 없고 이것이 대결의 숙명인데, 그렇다면 자신은 죄가 있는 것이냐고 묻는다. 이 질문에 뭐라고 대답해야 할까? 솔직히 말해 이 것은 내가 『노인과 바다』를 몇 번을 읽었든 대답할 수 없는 문제인 동시에, 내가 『노인과 바다』를 몇 번째 읽든 매번 깊이 감동하는 문제이다. 오직 그 늙은 어부만이 이런 질문을 하고 여기에서 뻗어 나가 인간 감정의 가장 근본적이면서도 부드러운 부분을 건드린다.

사랑을 위해 우리는 무엇을 할 수 있고 무엇을 할 수 없는가? 사랑이 생기면 무엇이 그것으로 인해 용서되는가? 보통 우리가 사랑을 위해, 혹은 사랑이라는 명목으로 하는 일은 무시무시하다. 부모와 자식의 관계부터 연인이나 부부의 관계까지 사실은 모두 이런 문제를 둘러싸고 희극과 비극이 생겨나지 않는가? 다만 평소에 우리는 이런 문제를 그리 직접적으로 생각하지 않으며, 이 문제에 직접적으로 답하는 일은 더욱 드물다. 왜냐하면 생각하기도 답하기도 너무 어렵기 때문이다.

하지만 산티아고는 생각하고 답하지 않을 수 없었다.

그렇게 특수한 상황에서 그는 자기가 얼마나 그 물고기를 존경하는지 알았고, 또 그 물고기가 이 세계에서 자신과 가장 친근하다는 것도 알았지만, 그 존경과 친근함은 동시에, 포기하지 않고 끝까지 싸워 그 물고기의 적수로 그가 걸맞은 존재임을 스스로 증명하도록 압박했기 때문이다.

파멸할지언정 패할 수는 없다

모든 일이 다 끝난 뒤, 산티아고는 자기 삶의 가장 중요한 가치가 자신이 파멸할지언정 패할 수는 없다는 것임을 확인한다. 이는 힘들고 고통스러운 상황에서 용감하게 체득한 것이기도 했다. 그는 파멸은 받아들일 수 있어도 패배는 원치 않았다. 기어코 항복하지 않았으며 끝장날지언정 패할 수는 없었다. 그런데 무엇이 파멸하는 것distroyed이고 또 무엇이 패하는 것defeated이었을까?

추상적이고 철학적인 논의에서는 파멸하는 것과 패하는 것을 구별하기 쉽지 않다. 명확하면서도 중첩되지 않도록 이 두 가지 말을 정의할 길이 없어 여러 가지 애매모호함이 발생한다. 예컨대 언젠가 내가 '청핀아카데미'에서 강의를 열었는데 등록 인원이 백 명도 아니고, 수십 명도 아니고, 겨우 다섯 명이었다고 해 보자. 그러면 나는 파멸한 것일까, 패한 것일까? 그러나『노인과 바다』의 맥락 속에서 산티아고의 경험을 토대로 바라보면 그것은 더할 나위 없이 분명하고 확실하다.

대결 중에 졌다면, 그래서 생명과 다른 모든 것을 잃고 철저히 파멸했다면, 그는 그것을 기꺼이 받아들이고 괘념치 않았을 것이다. 하지만 누가 그에게 대결을 포기하게 했다면, 어떤 이유에서든 그랬다면 그것은 그를 패하게 하는 것이었다. 그는 패배를 받아들일 수 없었다. 아울러 파멸하는 것과 패하는 것은 또 다른 층위에서 비교해 보면, 파멸은 대결 속에서 공정하고 떳떳하게 발생하지만, 패배는 대결 밖에서 별로 떳떳하지 못한 기타 요소와 수단을 끌어들인다.

소설 속에서 산티아고는 청새치와의 대결 중에 우선 그 대단한 물고기에게는 죽어도 괜찮다고, 자기는 파멸하는 것이지 패하는 것은 아니라고 느낀다. 그다음에는 방향을 바꿔 상어들과 싸우면서 또 파멸과 패배의 차이를 떠올린다. 그는 상어들의 습격을 인정할 수 없었다. 그것은 떳떳한 대결이 아니었기 때문이며 그래서 무기가 다 떨어질 때까지 싸우고도 물러서지 않았다.

산티아고는 기개 있고 굴복을 모르는 노인이었다. 우

리는 어떻게 그의 기개를 알아보고 굴복하지 않는 그의 정신에 감동하게 되는 걸까? 왜냐하면 그가 비참하게 졌기 때문이다. 이것은 헤밍웨이의 우화이면서 자기 자신에 대한 비유였다. 이 세상에서는 항상 기개 있는 사람이 질 만한 가치도 없는 힘에 지고 만다는 것이다. 기개 있는 사람은 차라리 권투 경기장에서 쓰러지고 무너지는 것이 현실 생활에서 속고 뒤통수를 맞는 것보다 낫다고 생각한다. 그러나 이렇게 생각하는 사람일수록 더 속고 뒤통수를 맞기 쉽다. 바꿔 말해, 기개 있는 사람이 기개가 있는 것은 바로 이 세상이 권투 경기장이 아니기 때문이다. 그의 기개가 우리를 감동시키는 것은 이 세상이 권투 경기장처럼 정정당당하지 않은데도 뜻밖에 그가 경기장에서의 태도 그대로 링을 내려오기 때문이다.

　누군가 자기 삶의 청새치를 만나 차라리 그 청새치에게 파멸되고 싶어 해도, 마지막에 그의 곁으로 다가와 그를 패배시키는 것은 거의 숙명적으로 상어이다. 누구든 각자 자기 삶의 상어를 갖고 있다. 그리고 가장 비참한 것은 가까스로 일생일대의 대결 끝에 간신히 승리를 얻었는데 미처 승리의 기쁨을 만끽할 새도 없이 상어가 나타나는 것이다. 그럴 때면 차라리 적수에게 맞아 못 일어나는 게 나았다고, 그랬으면 이런 상어들을 마주할 일도 없었을 것이라는 생각이 문득 들 것이다.

산티아고는 전에도 없었고 앞으로도 없을 게 분명한 강적을 만났고 그에게는 지지 않았다. 하지만 그는 결과적으로 이기지 못했고 이길 수도 없었다. 상어가 피비린내를 맡고 쫓아왔기 때문이다. 인간은 이런 고통스러운 숙명을 어떻게 대해야 할까? 자기가 질 수밖에 없다는 것을 뻔히 알면서도 끝끝내 굴복하지 말아야 할까?

헤밍웨이는 소설 속에서 자신도 아주 확신하는 것은 아니지만 그래도 사랑스러운 답을 제시하면서, 이 세상에 허구와 소설이 존재하는 근본적인 이유도 알려 준다. 인생은 굴복하지 않아도 지게 마련이므로 우리에게는 때로 허구가 필요하다는 것이다. 우리는 허구로 스스로를 달래고, 스스로에게 편안함을 준다.

소설의 첫 부분에 소년과 산티아고의 대화가 나온다. "그러면 할아버지는 저녁에 뭘 드세요?"라고 소년이 묻자, 산티아고는 "집에 생선 밥이 한 솥 있단다."라고 답한다. 그러자 소년은 "제가 데워 드릴 수 있어요."라고 말한다. 이것은 완전히 정상적이고 일상적인 대화로 특별한 점이 전혀 없다.

이어서 소년과 노인은 신문에서 읽은 야구 뉴스를 말하다가 뉴욕 양키스와 디트로이트 타이거스와 클리블랜드 인디언스에 관해 이야기한다. 이 지점에서 헤밍웨이는 두 사람 모두 그 생선 밥이 결코 존재하지 않는다는 것을 알고 있었으며, 노인이 갖고 있다는 신문도 정말 존재하는 것인지 역시 지어낸 것인지 소년이 미심쩍어했다고 덧붙인다. 소년은 당연히 그 생선 밥이 없는 것을 알고 있었다. 안 그랬으면 나중에 테라스 식당에 가서 노인이 먹을 것을 받아 왔을 리가 없다.

　이처럼 산티아고는 소설가이기도 했다. 다만 그가 지어내는 허구는 보통 남이 아니라 자기를 대상으로 한 것이었다. 청새치가 낚시에 걸려들었을 때 그 물고기가 어마어마하게 컸던 탓에 산티아고는 낚싯줄을 회수하지 못하고 낚싯줄을 등에 멘 채 버틸 수밖에 없었다. 당연히 낚싯줄의 압력 때문에 몹시 고통스러웠다. 하지만 헤밍웨이는 산티아고가 어떻게 고통을 호소했는지 기술할 리 없었다. 그는 심지어 밤새도록 계속된 견디기 힘든 고통조차 정면으로 묘사하지 않았다. 그의 서사 기법은 다음과 같았다. 산티아고는 궁리 끝에 자세를 바꾸기로 했고 그러고 나면 편해지리라고 믿었다. 하지만 그러고도 여전히 아팠고 오히려 방금 전보다 더 아팠지만 그는 자기가 편해졌다고 믿었다. 그는 이런 방식으로 고통을 처리할 수밖에 없었다. "방금 전보다 조금 편해졌어."라고 허구로 자신을 기만했다.

허구와 소설은 우리가 인생을 그리 분명하게 안 봐도 되게 하지만 다른 한편으로는 우리가 인생을 남보다 더 분명히 보게 하기도 한다. 아마도 삶에서 생겨나는 필연을 똑똑히 보고 거기에서 일어나기 마련인 여러 우여곡절을 파악하면 대응하고 준비하는 방법을 알게 된다고 말할 수 있을 것이다.

소설을 많이 읽은 사람은 실제로 여러 우여곡절을 만났을 때 당연히 상대적으로 덜 놀라고 대체 그게 무슨 일인지 막막해하는 일도 없다. 헤밍웨이는 여기에서 유머 감각을 발휘하여, 우리보다 훨씬 더 고통스럽게 사는 사람이 허구의 잔꾀를 이용해 어떻게 스스로 좀 더 편안함을 찾는지를 보여 주었다.

그것은 산티아고와 소년의 잔꾀일 뿐만 아니라 헤밍웨이 자신이 삶에 대응하는 잔꾀였다. 심지어 그가 소설을 쓰고 소설가가 된 이유 중 하나이면서 대부분의 소설가가 소설을 쓰는 주된 이유이기도 했다. 『노인과 바다』를 쓸 때, 적어도 『노인과 바다』를 완성하고 발표할 때(소설의 초고는 훨씬 더 일찍 썼을 것이다) 헤밍웨이의 삶에는 수많은 우여곡절이 있었으며, 따라서 이 소설의 핵심적인 부분에는 필연적으로 작가 자신의 삶에 관한 깨달음과 이를 통한 자기 위로와 자기 변명이 반영되었을 것이다.

이 소설은 위대한 대결을 그렸으며, 그 대결에서 주인공은 청새치에 대한 자신의 존경을 포함한 모든 것을 극복하고 승리를 얻었다. 그러나 곧이어 승리가 가져다 준 것은 일본 티브이 프로그램에 나오곤 하는, 초대형 참치가 항구에서 경매에 부쳐져 수백만 엔에 팔리고, 그 참치를 잡은 선주가 카메라 앞에서 행복한 미소를 짓는 장면이 아니었다. 산티아고의 승리는 동시에 저주였다. 본래 사람이 누릴 수 있는 승리의 성과는 한계가 있었던 것이다.

청새치가 너무 커서 작은 배에 실을 수가 없었으므로 부득이 배에 묶어서 가야만 했다. 이 때문에 항구로 돌아오는 길에 계속 상어들이 약탈을 시도한다. 상어는 교활하고 음흉해서 산티아고에게 정면 대결의 기회를 주지 않고 조금씩 조금씩 청새치의 살을 뜯어 간다. 바로 이것이 헤밍웨이의 자기 위로와 자기변명을 낳은 인생 경험과 인생관이었다. 사실 삶에서 대결 상황은 겨우 1퍼센트의 시간을 차지할 뿐이며, 나머지 99퍼센트의 시간 동안 인간은 막막하게 기다리고 있거나 하잘것없는 일들에 스스로를 소모할 뿐이다. 여기에서 관건은 그 1퍼센트의 고귀하고 빛나는 시간을 어떻게 대하느냐이다. 1퍼센트의 의미가 충분히 99퍼센트를 뛰어넘는다고 생각할 것인가, 아니면 99퍼센트와 비교해 1퍼센트는 너무나 희미하고 보잘것없어 거의 무의미하다고 생각할 것인가?

철저한 절망 속 한 가닥 온기

『노인과 바다』는 계속 희망과 절망 사이에서 배회한다. 99퍼센트와 1퍼센트가 각기 시소의 양 끝에 앉아 올라갔다 내려갔다 한다. 노인이 84일 동안 물고기를 못 잡은 것은 절망에 가까웠다. 바다에 나가 청새치를 낚은 것은 희망 쪽으로 기운 것이다. 청새치와 이틀 밤낮을 대치하면서 이길 가망이 없어 보인 것은 다시 절망 쪽으로 간 것이며, 청새치가 떠올라 배 주위를 돌 때까지 가까스로 버틴 것은 희망이 또 우위를 차지한 것이다. 가장 큰 전환은 대결이 끝났을 때 일어났다. 그러나 온몸이 상처투성이가 된 늙은 어부는 마음도 못 놓고 쉬지도 못한 채 계속 상어와 이기지도 못할 싸움을 해야만 했다.

처음 『노인과 바다』를 읽었을 때 가장 인상 깊은 부분은 노인이 청새치의 잔해를 끌고 항구에 돌아와서 침대에 쓰러져 곯아떨어진 뒤, 소년이 그를 보고 울음을 터뜨린 것이었다. 너무 비참하고 절망적이었다. 이런 기억을 가진 채 오랜 시간이 흐르자 『노인과 바다』의 그 마지막 부분을 도저히 다시 읽을 수가 없었다. 그러다가 서른 살 이후에 마침내 다시 읽었고 비로소 헤밍웨이가 쓴 것이 내 기억보다 훨씬 더 섬세하다는 것을 깨달았다. 그는 결코 그 시소를 절망 쪽으로만 기울게 하지는 않았다.

상어들과 싸우면서 노인은 작살을 잃었고 단검도 잃었다. 심지어 노까지 잃어서 마지막에는 상어를 막을 도구가 아무것도 없었다. 철저한 절망이었다. 아니다, 이 상황에서 그는 청새치의 길고 뾰족한 주둥이를 떼어 나머지 노에 붙들어 매고 상어와 싸우는 상상을 했다. 그렇게 청새치는 진정으로 그의 동료가 되었다. 이것은 이루지 못할 상상이었지만 그래도 철저한 절망 속에서 산티아고에게 그리고 우리에게 약간의 온기를 가져다 주었다.

또한 이 소설은 산티아고가 항구에 돌아오는 데까지만 쓰고 끝나지는 않는다. 위대한 대결에서 승리했지만 노인은 한 푼도 못 벌었고 청새치의 뼈도 금세 파도에 휩쓸려 아무 흔적 없이 바다로 돌아갈 것이다. 하지만 어쨌든 노인이 잠들어 있을 때 긴 줄로 물고기의 뼈를 재서 5.5미터라고 말한 사람이 있었다. 사람들은 산티아고가 바다에서 어떻게 혼자 그렇게 큰 물고기를 낚을 수 있었는지 놀라워한다. 이 역시 철저한 절망 속에서의 자그마한 위안이었다.

헤밍웨이는 평생 적지 않은 대결에서 승리했지만 그 역시 대결 속에서 계속 살 수는 없었다. 자기 삶의 많은 시간을 상어들에 포위된 채 보내야 했다. 마지막에 그는 총으로 자기 머리를 박살 내 숨을 거뒀다. 사람들은 모두 그가 자살했다고 생각했다. 그의 몸과 정신에 심각한 문제가 발생해 그를 더 살고 싶지 않을 지경까지 몰고 갔다는 것이었다. 하지만 그의 네 번째 부인이면서 당시 그의 곁을 지켰던 메리는 그것이 총을 닦다가 생긴 오발 사고라고 주장했다.

우리는 메리가 단순히 개인적인 감정 때문에, 즉 헤밍웨이 스스로 자신과의 영원한 이별을 택한 것을 못 받아들였기 때문에 그런 주장을 했다고 생각해서는 안 된다. 헤밍웨이의 작품을 읽으면, 특히 『노인과 바다』를 읽으면 틀림없이 잠시라도 메리의 편에 서서 그의 의견을 받아들이고 싶어진다. 헤밍웨이가 정말로 그렇게 절망해서, 약간의 온기와 위로도 찾을 수 없을 만큼 절망에 빠져 극단적인 수단으로 자신의 생명을 끊었단 말인가? 그는 소설가였는데도,

허구를 이용해 삶을 더 살아 볼 만하게 만들 줄 아는 소설가였는데도 말이다!

1950년대의 미국과 동아시아

헤밍웨이의 죽음에 관해 얘기하려면 1950년대 미국으로 거슬러 올라가야 한다.

1950년 2월, 위스콘신주에서 선출된 한 상원의원이 기자 회견을 열어 미국에서 암약하는 공산당 인사들의 명단을 갖고 있다고 발표했다. 그 상원의원은 당시 국회에 진출한 지 이미 6년이 됐지만 특별한 활동이 없어서 위스콘신주의 유권자를 제외하고는 그를 아는 사람이 별로 없었다. 그의 이름은 조지프 레이먼드 매카시였다. 매카시는 그 명단에 공산당원, 공산당 동조자, 소련의 간첩이 적혀 있고 그들 모두 행정부 안에 잠복해 있다고 말했다. 이 일은 즉시 미국에 큰 파문을 일으켰다.

매카시는 기자 회견에서 그 명단을 공표하지는 않았다. 그 명단은 미국 내에 적의 스파이가 잠입해 있는 것을 증명하므로 마땅히 대규모 조사를 시행해 그들을 죄다 체포해야 한다는 것이 그 이유였다. 그래서 그는 상원의원의 특권으로 연이어 청문회를 열고 자기가 스파이 혐의가 있다고 생각하는 이들을 공개 심판했다.

미국 상·하원 국회의원은 조사권이 있고, 청문회에 국민을 강제 소환할 권한이 있으며, 국민에게 청문회에서 선서를 시킬 권한도 있다. 청문회에서 한 발언의 효력은 법원에서 증언한 것과 맞먹는다. 매카시는 청문회 권력을 이용해 실질적으로 미국 사회에서 대대적인 '용공주의자 숙청'을 진행했다. 수많은 이들이 청문회에 소환되어 심판과 모욕을 받고 '소련 간첩·매국노' 등의 죄명을 뒤집어썼다. 그때는 미국의 역사적인 '백색 공포' 시대였다. '백색'은 우익 보수주의를 가리키며 좌익 공산주의를 상징하는 '붉은색'에 대응한다. 우익 세력이 도처에서 공산당을 추적하고 검거해 '백색 공포'를 조성했다.

같은 해인 1950년, 한국전쟁이 일어나 한층 더 매카시가 일으킨 불길을 부채질했다. 한국전쟁이 일어난 시점은 제2차 세계대전이 끝난 지 겨우 5년밖에 안 됐을 때였다. 그 전쟁은 3년여를 끌었고 전쟁의 범위는 기본적으로 한반도를 벗어나지 않았다. 하지만 전쟁이 막 발발한 당시에는 그 전쟁이 얼마나 넓게 퍼질지, 혹시 제3차 세계대전의 서막은 아닐지 아무도 알지 못했다.

한국전쟁은 타이완과 밀접한 관계가 있었다. 한국전쟁이 없었다면 타이완은 진작 중국의 수중에 들어갔을 것이다. 한국전쟁의 발발로 미국은 동아시아의 정세를 안정시키고 또 소련의 확장을 저지하려고 긴급히 제7함대를 파견해 타이완 해협을 순회하게 하는 한편, 타이완에 군사 원조를 제공함으로써 타이완으로 도망쳐 온 국민당 정부의 입지를 단번에 굳혔기 때문이다.

한국전쟁 초기, 북한은 소련과 중국의 협조를 받으며 파죽지세로 남한을 밀어붙였다. 남한의 군대는 번번이 패퇴해 나중에는 한반도 남단의 부산까지 밀려 가서 더 밀리면 바다로 뛰어들어야 할 지경에 이르렀다. 나중에 맥아더 장군이 이끄는 미군 부대가 부산과 인천 두 곳에 동시 상륙하여 북쪽을 향해 반격을 개시했다. 그러자 상황이 역전되어 미군은 본래의 남한 영토를 다 되찾았을 뿐만 아니라 남북한을 가르던 삼팔선을 넘어 북한 영토까지 진출했다.

그런데 이때 맥아더 장군과 트루먼 대통령이 공개적으로 충돌했다. 맥아더 장군은 군대를 이끌고 계속 북상해 북한 국경을 돌파한 후 계속 압록강을 넘어 중국 영토까지 들어갈 계획이었다. 맥아더는 당시 북한군은 사실 대다수가 "미국과 싸워 북조선을 돕자"는 데 호응한 중국인들이었고, 중화인민공화국이 실질적인 참전국 중 하나라고 생각했다. 결국 중국은 명백한 전쟁 상대였으므로, 압록강에서 작전을 멈추고 적이 중국 영토에 들어가 숨을 돌리는 것을 보고만 있을 이유가 없었다. 맥아더의 이런 주장에 트루먼 대통령은 깜짝 놀랐다. 그는 맥아더의 경솔한 행동으로 인해 북한과 중국의 배후에 있던 소련이 부득이 나서 미국과 싸우게 되지 않을까 염려했다. 그것은 세계에서 가장 강한 두 나라 사이의 충돌일 뿐 아니라 파멸의 핵무기를 장착한 두 나라의 공식 대전이었다. 그런 공포스러운 상황이 실제 일어나지 않도록 트루먼은 결연히 최고 통수권을 행사해 아직 전선에 있던 맥아더의 지휘권을 직접 해제했다.

이 소식이 전해지자 가장 실망한 사람 중 하나는 장제스였다. 당시 그는 미국이 압록강을 넘기를 기다리고 있었으며 타이완군을 지휘해 미군을 쫓아 중국과의 전쟁에 참가하거나 타이완에서 직접 바다를 건너가 '반공 성전'을 치를 계획이었다. 그래서 장제스는 평생 트루먼을 싫어했다. 미국의 원조에 대한 호의 표시로 새로 거리 이름을 지을 때도 차라리 '얄타 비밀 협정'에서 중국의 이익을 배반한 루스벨트의 이름을 따왔지, 타이완 원조를 결정한 트루먼의 이름은 따오지 않았다. 장제스는 또 한평생 맥아더를 존경하고 그의 억울함을 안타까워했다. 그래서 타이완이 미국의 돈으로 건설한 첫 번째 고속도로의 이름이 '맥아더 고속도로'가 되었다.

우리는 트루먼의 결정이 불합리했다고 이야기해서는 안 된다. 그 당시 세계는 또 한 번의 전면전을 감당할 수 없었기 때문이다. 그런 배경에서 미국과 남한의 군대는 북쪽의 점령 지역을 포기하고 물러나 정전 협정을 체결했으며 이후 휴전선을 남북한의 분계선으로 삼고 그 양쪽에 비무장지대를 두었다.

굿나잇 앤 굿럭

한국전쟁으로 미국은 새로운 세계대전 직전까지 갔으며 미국인들은 핵무기의 위협을 확실히 느꼈다. 당시 상황은 1945년 미국이 원자폭탄 제조 능력을 독점했을 때와는 달랐다. 미국은 일찍이 히로시마와 나가사키에 각기 원자폭탄을 투하했으므로, 당연히 상상을 초월하는 원자폭탄의 파괴력을 알고 있었다. 만일 소련의 원자폭탄이 미국 땅에 떨어지면 어떤 사태가 벌어질지 상상도 하기 싫었을 것이다.

미국 사회는 전례 없는 긴장 상태에 빠졌다. 전쟁이 두려웠고, 원자폭탄이 두려웠고, 소련이 두려웠고, 공산당이 두려웠다. 이런 전반적인 공포 분위기에 편승해 매카시는 빠르게 권력을 키워 갔고, 스스로를 공산당과 소련의 스파이 세력을 타도하는 사자로 자처하며 곳곳에서 혐의자를 고발했다.

이런 역사는 타이완에도 영향을 끼쳤고, 타이완은 한때 '매카시즘'의 수혜국이었다. 우선 한국전쟁의 발발로 타이완은 미국의 군사적 보호를 받았으며 이어서 매카시즘이 미국에서 맹위를 떨치면서 타이완의 중요한 적들을 솎아냈다. 그들은 중국 공산당에 동조하는 미국의 좌파 지식인들이었다.

일찍이 제2차 세계대전 시기에 중국 공산당에 동조하는 몇몇 인사들이 미국에 나타났다. 그들은 에드거 스노의 『중국의 붉은 별』*을 읽고 마오쩌둥과 중국 공산당을 알았

---

* 에드거 스노우(Edgar Snow, 1905~1972)는 미국의 기자이며 『중국의 붉은 별』은 스노우가 1936년 중국 옌안(延安)에 가서 중국 공산당 지도자와 장군 등을 취재해 쓴 논픽션이다.

으며, 중국 공산당이 이상을 지닌 좌파 토지개혁주의자들이라고 생각했다. 그리고 이와 반대로 장제스와 그가 이끄는 국민당을 히틀러와 무솔리니의 파시스트 정권을 복제한 것처럼 보았다. 제2차 세계대전이 끝나자마자 중국은 내전에 돌입했는데, 중국 공산당에 동조한 그 인사들은 적극적이고 구체적인 행동으로 미국 국무부의 외교 정책에 영향을 끼쳐 '친국민당 로비스트들'에게 맞섰다.

『타임』을 창간한 헨리 루스를 필두로 하는 친국민당 로비스트들은 장제스와 국민당의 가장 중요한 미국인 친구들로 전쟁 기간에 중국이 많은 원조를 얻을 수 있게 도왔으며 특별히 장제스의 아내 쑹메이링이 미국을 방문해 당당히 국회에서 연설을 하도록 주선하기도 했다. 그러나 국공 내전 기간에 장제스 정권의 부패 관련 뉴스가 끊임없이 미국 매체에 폭로되면서 친국민당 로비스트들의 영향력은 크게 줄어들었다. 그들은 여전히 국회에서 적지 않은 상·하원의원을 자기편으로 끌어들였지만 행정부의 외교 라인은 확연히 중국 공산당 쪽으로 기울었다. 1949년 미국 국무부는 중요한 시점에 '대중국 정책 백서'를 발표하여 국민당에 대한 지지를 명확히 포기함으로써 결정적으로 국민당이 대륙에서 전면 철수하게 만들었다.

그러나 한국전쟁의 발발과 매카시의 기세등등한 청문회가 미국 사회의 태도를 완전히 바꿔놓았다. 존 킹 페어뱅크를 시작으로 하여 중국 공산당의 동조자들과 단순히 중국의 사회주의 혁명에 찬성한다고 말한 적이 있는 사람들까지 차례로 청문회에 불려 나가 정치적 입장과 미국에 대한 충성심을 추궁받았다. 이런 분위기는 당연히 국민당의 재건과 국민당과 미국 간의 관계에 도움이 되었고 타이완이 미국의 대규모 군사적·경제적 원조를 따내는 데에는 더더욱 도움이 되었다.

매카시가 겨냥한 나라는 주로 중국이 아니라 중국 배후의 소련이었다. 그 몇 년 사이 매카시즘이 성행함에 따라 미국인들은 소련을 싫어하는 것을 넘어 적대시하게 되었다. 미국의 대표적인 여론조사 기관 갤럽은 1952년부터 매카시에 대한 전국 여론조사를 매달 실시했다. 매카시의 인기는 1954년 1월에 최고점을 찍었는데, 그달의 갤럽 여론조사 결과를 보면 매카시에 대한 지지와 찬성을 표명한 비율이 50퍼센트, 반대와 비동의를 표명한 비율은 29퍼센트이다. 뜻밖에도 매카시는 미국인 절반의 지지를 얻었고, 그야말로 대통령에도 뽑힐 수 있는 지지율을 기록했다.

하지만 매카시가 한창 안하무인일 때 역사의 발전 방

향을 바꾸는 사건이 일어나 그에게 반격하는 세력이 집결했다. 그 사건은 몇 년 전 조지 클루니가 제작하고 감독·주연을 맡은 『굿나잇 앤 굿럭』으로 영화화되었다. 이 영화는 1954년에 일어난 실제 사건을 다루었으며 영화 제목인 '굿나잇 앤 굿럭'은 그 당시 티브이 뉴스 프로그램이었던 『시잇 나우』See It Now의 진행자 에드워드 R. 머로가 프로그램이 끝날 때마다 카메라에 대고(더욱이 담배에 불을 붙이면서) 독특하게 고개를 끄덕이며 "굿나잇 앤 굿럭!"이라고 인사하던 것에서 따왔다.

영화의 서두부터 매카시는 미국에서 가장 권력이 강한 인물로 그려진다. 미국 대통령 아이젠하워조차 그와 어긋나는 입장에 서기를 원치 않았다. 매카시가 소집하는 청문회에는 한꺼번에 백 명이 넘는 사람이 소환되어 소련의 간첩이나 공산당의 동조자라는 혐의를 추궁받았다. 이로 인해 그들의 삶은 엉망이 되거나 심지어 파괴되었다. 누구는 자살을 했고, 누구는 미쳤고, 더 많은 이들은 직장과 가정을 잃었다. 사회 전체가 매카시의 주도로 피해망상에 휩싸여 모두가 옆에 소련 간첩이 있을까 봐 두려워했고 거의 히스테리에 가까울 정도로 주변에서 미심쩍은 인물을 찾곤 했다. 동시에 자기를 안 좋게 보는 사람을 소련 간첩이

나 공산당원으로 고발하는 풍조가 기승을 부려서 이에 영향을 받은 이들이 수백 명이 아니라 수십만, 수백만 명에 달했다.

머로와 그의 제작진은 당시 미국이 매카시에 의해 광기의 길로 접어들었음을 절감했다. 시민으로서 그들은 미국을 일깨울 방법을 찾아야만 했고, 또 언론인으로서 매카시즘의 어두운 면을 폭로할 의무도 있었다. 하지만 어떤 방법을 찾아야 할까? 어떻게 해야 목적을 달성할 수 있을까? 큰소리로 진실을 부르짖는 게 쓸모가 있을까? 직접 매카시와 싸우면 효과가 있을까?

오랜 논의 끝에 그들은 우선 간단한 일을 한 가지 해 보기로 하고, 그해 3월 9일의『시 잇 나우』프로그램에서 매카시 특집을 마련했다. 시작·중간·마지막 세 군데에서 진행자 머로가 카메라를 향해 멘트한 것만 빼고 나머지는 전부 매카시 상원의원의 영상이었다. 그들은 매카시가 상원 청문회에서 다른 사람을 고발한 발언들을 함께 편집해 시청자들에게 그가 다양한 이들에게 반복해서 "당신은 어떠어떠한 짓을 했기 때문에 국가를 배반한 거요!"라고 말하는 것을 보여 주었다.

이렇게 연이어 매카시의 고발 장면이 나온 뒤, 프로그

램 말미에서 머로는 "고발이 곧 사실은 아닙니다."라고 핵심을 이야기했다. 고발은 사실에 의해 뒷받침되어야 한다. 하지만 매카시의 청문회에서는 고발만 있고 사실은 없었다. 그는 보통 어떠한 증거도 제시하지 않은 채 사람들에게 매우 심각한 혐의를 뒤집어씌웠다.

3월 9일에 1부가, 일주일 뒤인 3월 16일에 똑같은 방식으로 제작된 2부가 방송되었다. 방송의 효과는 머로 등이 맨 처음 기대하고 상상했던 것을 훌쩍 뛰어넘었다. 그때는 티브이가 보급되기 시작한 지 얼마 안 됐을 때였고(타이완은 7, 8년 뒤에야 최초의 티브이방송국이 송출을 시작했다) 절대다수의 미국인은 신문이나 라디오를 통해, 아니면 다른 사람의 말을 통해 매카시와 그의 청문회에 관해 알고 있었다. 실제로 상원 청문회에 가서 매카시가 어떤 인물인지, 어떤 어조로 말하는지, 어떤 방식으로 사람을 다그치고, 욕하고, 모욕하는지 경험한 사람은 매우 드물었다. 또 매카시가 득의양양하게 '공산당원'과 '스파이'를 색출할 때 그가 들고 있는 증거가 얼마나 빈약한지 알고 있는 사람도 드물었다.

머로를 비롯한 그 언론인들은 청문회 현장에서 그 소름 끼치는 공포를 구체적으로 느껴 본 적이 있었다. 그들은 매카시의 고발을 직접 눈으로 보고 귀로 들으면서 자꾸 무시무시한 생각이 들었다. 만약 내가 소환돼 청문회장에 선다면 매카시의 박해를 피해 무사히 돌아갈 수 있을까? 나아가 그들은 또 이런 생각까지 들었다. 나라고 매카시의 청문회에 곧 불려 나가지 않는다는 보장이 없지 않은가?

더할 나위 없이 자명한 일이었다. 매카시의 방식대로라면 누구나 국가의 적으로 단죄될 수 있었다. 매카시가 고르기만 하면 그만이었다. 어느 누구든 매카시에 의해 청문회에 불려 나가면 이미 치욕을 당하고 단죄된 사람들보다 더 잘 대답할 가능성은 없었다. 매카시는 사람들이 뭐라고 대답하는지, 또 사실이 무엇인지는 신경 쓴 적도 없기 때문이었다. 머로 등은 자신들이 본 매카시의 실제 모습을 미국인들에게 보여 주었다.

그런데 있는 그대로 매카시의 모습을 시청자들에게 보여 주었을 뿐인데도 그의 말투와 다른 사람의 인생을 무너뜨리는 고발 방식은 아니나 다를까 미국 사회에 큰 파란을 불러일으켰다. 이에 상황이 역전되어 매카시를 비판하는 사람이 크게 늘어났다. 몇 주 뒤, 매카시는 머로에게 큰 선물을 선사해 자신의 추락을 가속화했다. 4월 6일, 매카시는『시 잇 나우』에 출연해 머로의 인터뷰에 응했다. 생방송

중에 매카시는 금세 자제력을 잃고 청문회에서의 언행을 고스란히 재연하기 시작했다. 그는 "머로, 나는 당신이 누구, 누구, 누구와 가깝게 지내는지 알고 있소. 내 수중에 당신이 선량하고 정상적인 미국 시민이 아니라는 증거가 있단 말이오."라고 했지만 머로가 증거를 내놓아 보라고 따지자 말을 빙빙 돌리며 험악한 어조로 고발만 반복했다.

수많은 사람이 매카시의 진면모를 목격한 덕분에 미국 사회는 금세 '매카시즘'의 집단 히스테리에서 깨어났다. 그것은 미국 역사의 중요한 한 페이지이면서 미국 언론사의 빛나는 한 페이지이기도 했다. 광기에 빠진 사회가 정신을 차리도록 촉구하는 기본 임무를 언론이 완수한 것이다. 이것은 미국 언론계의 가장 근본적인 책임이자 신념이다. 하지만 타이완 언론의 현실은 이와 극단적인 대비를 이룬다. 우리 언론은 이 사회에서 이성적 절제를 없애려고 매일 온갖 방법을 궁리한다. 사회가 미쳐 버려야 언론 매체가 이익을 얻는다니 이 얼마나 황당한 일인가!

전설적인 FBI 국장 후버

1953년 5월, 매카시가 『시 잇 나우』에 출연한 후 수집된 갤럽 여론조사 데이터를 보면 조사 대상의 36퍼센트가 그를 지지하고 51퍼센트는 그를 반대했다. 매카시의 세력은 급속도로 무너졌고 2년여 뒤 50세도 안 돼서 매카시가 병사하자 미국 역사의 그 황당하고 무시무시했던 '매카시즘' 시대는 정식으로 막을 내렸다.

매카시는 이제 없었지만 '매카시즘'을 만들어 낸 몇 가지 요소는 그렇게 쉽게 사라지지 않았다. 그리고 매카시즘이 미국 사회에 남긴 상처도 그렇게 쉽게 완치되지는 않았다. 50년대 내내 미국 사회는 불신의 공황 상태에 빠져 있었다. 일종의 집단적 불안에 휩싸여 항상 누가 자신과 사회와 국가를 배신할지도 모른다고 생각했다.

불안하고 자신감이 부족한 사회는 비난할 속죄양을 찾는 쪽으로 기울어지기 쉽다. 1950년대 미국에는 '국민의 공적'Public Enemies을 찾고 나아가 창조하는, 사회의 여러 세력들이 있었다. 그 시대에는 심지어 제도화된 기관까지 국민의 공적을 찾고 창조하는 일에 종사했다.

그 기관은 미국 연방수사국, 즉 FBI로서 미국 내 최고의 사법 수사권을 보유했다. 상상하기는 어렵지만 사실 FBI에서는 80년에 가까운 역사 중 대부분의 시간 동안 그 안의 수많은 수사관과 행정 직원들이 전부 한 사람, 그것도 동일한 한 사람에게 통제되었다.

그 신화적인 인물은 존 에드거 후버였다. 후버는 1895년생으로 헤밍웨이와 같은 세대였다. 1924년, 30세도 되기전에 그는 미국 법무부 수사국 국장에 임명되었다. 연방 정부 소속인 그 부서는 본래 규모가 작았다. 범죄에 대한 사법 수사는 주로 주 정부가 책임졌기 때문에 한 개 주 이상과 관련되고 책임질 주가 따로 없는 수사 활동만 책임졌다. 그런데 연방 정부의 권한이 점차 확대되고 후버의 수완 덕에 1935년 수사국이 연방 수사국으로 승급되었고 후버는 자연스럽게 새로 창립된 FBI의 초대 국장이 되었다. 그가 언제까지 국장 직무를 수행했을까? 37년 뒤인 1972년, 죽음이 찾아오고야 그는 어쩔 수 없이 그 자리를 떠났다.

후버는 77년을 살면서 그중 무려 50여 년을 같은 기관에 머물며 그 기관을 이끌고 관장했다! 달리 말하면 FBI의 전신인 미국 법무부 수사국부터 50여 년간 그 기관은 책임자를 교체한 적이 없는 것이다. 만약 이 기관에 후버에게 충성을 바치는 사람이 가득했다면 기관의 상하 직원들 모두 후버의 의지를 실천하는 것을 주요 임무로 삼았다고 해도 과언이 아닐 것이다.

후버의 FBI 경력은 미국 역사에서 과거에도 없었고 당연히 앞으로도 없을 것이다. 분권을 주된 정치적 가치로 삼는 정부에서 한 인물이 그렇게 중요한 기관을 독차지하고 임기의 제한도 받지 않은 것은 정말 기적이었다. 후버는 무엇에 의지했던 걸까? 설마 그가 자리를 내놓는 것을 원치 않아서 그렇게 원하는 대로 된 것일까? 사실 그가 의지했던 것은 바로 FBI의 중요성과 강력한 수사권이었다. 트루먼, 케네디, 존슨 최소한 이 세 명의 대통령이 후버를 교체하려 했지만 모두 실패했고 게다가 그 실패는 매우 참담했다.

전성기에 후버는 수하에 5천 명이 넘는 수사관을 두고 미국 각지에서 수사를 진행했다. 그들이 수집한 정보 자료는 다양한 파일로 정리되었다. 기본적으로 미국의 명사들 각각에 대한 FBI 파일이 존재했으며 그 안에는 그들이 공개하길 꺼리는 다량의 사적 정보가 들어 있었다. 미국 대통령은 명사 중의 명사여서 그들의 파일은 다른 누구 것보다 두껍고 내용이 풍부했다. 막강한 대통령이라 해도 후버의 기관이 도대체 어떤 정보를 쥐고 있는지 확실히 알 수 없었으며 만약 후버가 보복을 하면 자신이 얼마나 심각한 타격을 입을지는 더더욱 파악하기가 불가능했다. 후버를 교체하려 한 세 명의 대통령 전부 흠이 없지는 않았기 때문에 결국에는 왜 자신들이 후버에게 고개를 숙여야 하는지 어렵지 않게 이해했다.

　가장 무참히 실패한 대통령은 존슨이었다. 그는 처음부터 후버를 교체하겠다는 뜻이 확고했고 정치적 책략도 다 생각해 놓았다. 그런데 막상 실행하고 보니 계란으로 바위 치기나 다름없었다. 후버는 지체 없이 되받아쳐 손쉽게 수많은 의원을 동원하여 자신의 울타리로 삼았다. 이것은 그에게 어려운 일이 아니었다. 돈 문제나 여자 문제로 그에게 약점을 안 잡힌 의원이 거의 없었기 때문이다. 이어서 후버는 아예 이 기회를 틈타 수세를 공세로 전환했다. 단숨에 존슨을 밀어붙여 결국 자기를 교체하지 못하게 했을 뿐 아니라, 대통령의 특권으로 FBI 국장은 연방 공무원 정년퇴직제의 제한을 받지 않는다는 규정을 만들게 했다! 이것이 바로 후버가 죽을 때까지 국장직에 있을 수 있었던 근거다.

　1991년 올리버 스톤이 감독한 영화 『JFK』에는 포기하지 않고 케네디 암살 사건을 조사하는 검사 짐 개리슨이 등장한다. 그는 더 유력한 단서를 얻으려 노력하지만 케네디 암살 후 대통령직을 계승한 존슨은 그 사건과 관련해 불합리하고 심상치 않은 반응을 보인다. 우선 취임하자마자 급히 후버를 교체하려 했고 나중에는 교체하기는커녕 거꾸로 종신 국장의 대우를 제공했다. 이것은 너무 이상하지 않은가?

개리슨은 존슨이 후버를 교체하고 싶어 한 것은 절대 FBI에 들켜서는 안 되는 일을 후버가 이미 파악했기 때문이라고 추론했다. 그 일은 바로 존슨과 암살 사건 사이의 관계였다. 하지만 후버가 파악한 그 정보 앞에서 존슨은 대항할 힘이 없었으므로 어쩔 수 없이 가능한 범위 안에서 동원한 모든 자원을 자기가 그 암살 사건에서 맡은 비밀스러운 역할을 후버가 공표하지 않는다는 조건과 맞바꿨다.

케네디 암살은 1963년 11월에 발생해 이미 반세기 넘는 세월이 흘렀다. 하지만 그렇게 오래된 일인데도 지금까지 계속 미국인의 열렬한 관심과 논의를 불러일으키고 있다. 합리적으로 살펴보았을 때 사실의 윤곽을 그릴 수 없는 부분이 너무 많았기 때문이다. 차 앞 좌석의 주지사를 맞힌 총알은 케네디의 머리를 관통한 총알과 같은 것인가? 같은 총알이었나, 아니면 두 개의 총알이었나? 총알은 창고 창문에서 발사되었나, 아니면 총을 쏜 다른 장소가 있었나? 암살범 오즈월드는 단독범인가, 아니면 공범이 있었나? 아니, 심지어 오즈월드가 진짜 총을 쏜 범인이 맞기는 한가? 가장 불가사의한 것은 체포된 오즈월드가 FBI의 기자회견 장에서 다른 사람에게 총을 맞는 바람에 진실을 말하지 못하고 죽은 것이다.

이 일들은 모두 FBI와 관련이 있었으며 후버가 통치하던 FBI는 신비한 블랙홀로서 거기에 얼마나 많은 비밀이 숨겨져 있는지 아무도 몰랐고 또 끝나지 않는 추측과 논쟁을 계속 불러일으켰다. 후버는 그 시대에 체제 속에 숨어 있으면서도 어떠한 체제의 구속도 받지 않은 권력의 검은 손이었다.

상어에게 감시당한 헤밍웨이

헤밍웨이의 비유를 이용하고 헤밍웨이의 관점으로 본다면 매카시와 후버는 모두 상어였다! 그 시대에 헤밍웨이는 『노인과 바다』를 써서 다시금 소설 챔피언의 왕좌를 확고히 하고 나아가 노벨문학상의 영예까지 얻었다. 하지만 그의 생활과 국가는 상어들이 감시하는 상황에 있었다. 영웅들이 대결하는 찬란함과는 한참 떨어져 있었다.

매카시즘이 창궐할 때 헤밍웨이는 당연히 국민의 공적으로서 매카시가 손보려 하던 대상이었고 FBI는 그에 관해 두꺼운 파일을 갖고 있었을 뿐 아니라 계속 놀라운 속도로 그 파일의 내용을 확충했다. 심지어 나중에 FBI 내부 인사가 폭로하길, 후버가 개인적으로 관심을 가진 파일 중에서 헤밍웨이의 것이 일 순위였으며 인권운동의 리더 마틴 루터 킹 목사의 것도 앞 순위에 있었다고 한다.

정말로 그런 순위표가 있었다고 믿을 필요는 없다. 하지만 후버가 FBI를 시켜 헤밍웨이에게 특별히 관심을 갖게 된 데에는 그럴 만한 이유가 있었다. 그가 나이 들어 쿠바와 한통속이 됐을뿐더러 아무 거리낌 없이 쿠바의 지도자 카스트로를 친한 친구로 여겼으므로 충분히 위험한 미국의 공적으로 삼을 만했다. 쿠바는 미국에서 가장 가까운 공산주의 국가로서 미국의 뒷문에 위치한 골칫거리였다. 특히 50년대의 냉전 논리 속에서 쿠바는 소련의 통제를 받으며 미국의 근방을 지키는 공격 기지였다.

예상 외로 헤밍웨이와 쿠바의 관계는 심상치 않았다. 『노인과 바다』에서 산티아고가 항구로 돌아올 때 멀리 보인 것은 아바나의 불빛이었다. 아바나는 쿠바의 수도이며 헤밍웨이는 명시하지는 않지만 그 존경할 만한 노인이 쿠바인임을 알 수 있는 단서를 충분히 제시한다. 또 여기에 그치지 않고 그는 이 소설이 영어로 쓰이기는 했지만 산티아고가 영어가 아니라 스페인어로 말한다는 것을 알 수 있는 단서도 충분히 나열한다. 노인은 쿠바 사회주의 사회의 시민이지 미국 자본주의 사회의 산물이 아니었다.

헤밍웨이는 심지어 쿠바에 자신의 정보망까지 갖고 있었다. 쿠바로 흘러 들어간 나치 잔당의 행적을 뒤쫓기 위해서였고 일부 관련 정보를 미국 정부에 넘기기도 했다. 그 것은 후버가 보기에는 그야말로 오만하고 도발적인 소행이었다. 미국의 적과 가까운 데다 감히 정보 업무에 손을 대사적인 네트워크까지 갖고 있었으니 말이다. 후버는 당연히 헤밍웨이가 싫었고 요원을 파견해 그를 바짝 감시하게 했다.

1950년대 초, 헤밍웨이는 후버의 FBI가 자신을 눈여겨보고 있다는 것을 알았지만 별로 개의치 않았고 그것을 생활의 자극제로 삼기까지 했다. 그런데 1950년대의 마지막 몇 년 동안 상황이 급변했다. 변화의 주된 요인은 1957년과 1958년에 그의 건강이 안 좋아지기 시작한 것이었다. 헤밍웨이는 정신 및 혈액과 관련한 가족력이 있었다. 그의 아버지와 동생들은 모두 자살로 생을 마감했다. 헤밍웨이에게는 특수한 혈액 질환이 있었다. 핏속의 철분이 제때 충분히 산화되지 않아서 핏속에 과다한 철분이 누적되어 혈액의 흐름에 영향을 주었다.

더욱이 그는 몸에 오래되거나 얼마 안 된 각양각색의 상처와 흉터가 있었다. 사냥과 투우와 권투와 비행기 조종 때문에 생긴 것이었다. 그가 좋아하는 활동은 전부 극도로 위험했다. 포크너와 헤밍웨이는 둘 다 비행을 열렬히 좋아했다. 그런데 비행기 사고로 포크너는 가장 친한 친구와 남동생을 잃었으며 헤밍웨이는 자신이 반죽음이 됐다.

나이가 들면서 온갖 병증이 그를 찾아왔다. 우선은 고혈압이었고 그다음은 혈행 장애였으며 이어서 신장과 간에도 문제가 생겼다. 마지막에는 이 모든 문제가 그의 정신적 문제와 결합했고 나아가 그의 정신적 문제를 악화시켰다.

더 나아가 FBI와의 관계가 이미 상당히 취약해진 그의 정신 상태에 영향을 주었다. 그는 항상 누가 자신을 감시하고 있으며 후버와 FBI가 옆에서 언제든 자신을 손볼 준비를 하고 있다고 생각했다. 그의 네 번째 아내 메리를 비롯한 가까운 친구들은 함부로 의심하는 그의 반응을 토대로 그가 피해망상증에 걸렸고 조현병의 전조 증상을 보인다고 판단했다. 이런 판단은 일리가 없지는 않았지만 헤밍웨이는 확실히 후버와 FBI의 눈엣가시였고, FBI는 실제로 자주 요원을 파견해 그의 주변에 잠복시켰을 것이다. 또 후버도 실제로 그를 공격해 파멸시킬 준비를 해 두었을 것이다. 도대체 무엇이 현실이고 무엇이 헤밍웨이의 정신 이상으로 인한 환상이었을까?

헤밍웨이는 메리와 뉴욕에 갔을 때 거의 3분에 한 번씩 변장한 FBI 요원이 매복해 있는 것을 보았다고 말했다. 메리는 당연히 믿지 않았고 헤밍웨이가 미친 게 아닌지 걱정했다. 하지만 나중에 비밀 해제 파일이 공개되었을 때 미친 사람은 헤밍웨이만이 아니었음이 밝혀졌다. 그해에 뉴욕시에는 4백여 명의 FBI 요원이 있었는데, 후버는 그중의 10분의 1인 40여 명을 보내 헤밍웨이를 밀착 감시하게 했다. 헤밍웨이가 본 수많은 그림자 중 일부는 그가 만들어낸 환상이었는지도 모르지만 아마도 대부분은 진실이었을 것이다.

하지만 헤밍웨이는 그로 인해 엄청난 대가를 치렀다. 메리는 그의 반응에 겁을 집어먹고 그가 정신착란임을 더 확신했으며 가는 곳마다 친구들에게 그의 증상에 관해 울면서 호소했다. 그 결과 헤밍웨이는 아내와 친구들의 신뢰를 송두리째 잃고 말았다. 그러고 나서 그는 또 주간 『라이프』의 의뢰로 소에 관한 글을 써야 했다. 본래는 1만 자를 쓰겠다고 했지만 나중에 완성하고 나니 그 글, 즉 『위험한 여름』The Dangerous Summer은 무려 6만 자에 달했다. 그것은 헤밍웨이가 생전에 출판한 마지막 작품이기도 하다. 1만 자에서 6만 자까지 분량이 늘어난 것을 보면 당시 헤밍웨이가 얼마나 치열하게 그 작품에 매달렸는지 짐작할 수 있다. 그는 스페인에 가서 갖가지 조사를 하느라 극도로 피곤해 졌고 정신 상태도 더 엉망이 되었다.

한번은 그가 친구와 저녁 식사를 하면서 창가 자리에 앉았는데, 무심코 고개를 들다가 길 건너편의 은행을 보았 다. 본래 영업이 끝나 문이 닫혀 있던 그 은행에 갑자기 불 이 들어오자, 그는 친구에게 진지한 어조로 말했다.

"저것 봐. 놈들이 내 계좌를 뒤지러 안에 들어갔어."

친구가 깜짝 놀라 그에게 물었다.

"저 은행에 자네 계좌가 있나?"

헤밍웨이는 잠시 생각하다가 답했다.

"없어."

그래도 그는 틀림없이 FBI가 그 안에 잠입해 자신을 염 탐하는 짓을 벌이고 있다고 믿었다.

1959년, 마침내 그의 가족과 친구들은 반은 달래고 반 은 속임수를 써서 미네소타주에 있는 메이오클리닉에 그 를 입원시켰다. 그곳은 끊임없이 미국 의료 서비스 모델의 개혁을 제시한 전설적인 병원으로 의사 중심의 가치를 환 자 중심으로 바꿔야 한다고 주장한 곳이다. 그러나 헤밍웨 이의 삶의 역정에서 메이오클리닉은 최후의 비극적 힘으로 작용했다. 헤밍웨이는 메이오클리닉에서 심각한 조현병에 걸렸다는 진단을 받고 전기 충격 치료를 받아야 했다.

우리의 대뇌는 기본적으로 극도로 세밀하고 복잡한 미세 전류 시스템으로 전류의 자극이 비정상이면 사람에게도 비정상적인 느낌과 생각이 나타난다. 전기 충격은 부분적인 회로 차단이며 비정상적인 전류 활동을 억제한다. 그런데 전기 충격의 과정에서 여러 신경 경로가 함께 영향을 받아 외견상 환자가 훨씬 안정되고 조용해진다. 전기 충격으로 외부 세계와의 감각적 연결이 손상되어 둔하고 멍한 상태가 되는 것이다.

그때는 켄 키지의 소설 『뻐꾸기 둥지 위로 날아간 새』가 출판되기 이전의 시대였다. 당연히 『뻐꾸기 둥지 위로 날아간 새』가 아직 명작 영화로 각색되기 이전이기도 했다. 켄 키지의 이 책은 헤밍웨이가 사망하기 1년 전인 1962년에 출판되었다. 좌충우돌하는 말썽꾼이 감옥에 가는 것을 피하려고 정신병 환자를 흉내 내다 정신병원에 보내져 겪는 일들을 다루었다. 거기에서 그는 강하고 엄격하게 환자를 관리하는 수간호사와 충돌을 일으키고 끊임없이 그 권위에 도전한다. 마지막에 병원 측은 강제로 그에게 전기 충격 치료를 가하는데, 결국 그는 조용하고 얌전해졌지만 동시에 외부 세계에 반응을 못하는 백치가 돼 버렸다.

이 소설과 훗날 잭 니콜슨이 주연을 맡아 아카데미 작품상을 받은 동명의 영화는 미국의 정신의학계에 큰 충격을 주었으며 오랫동안 사용해 온 전기 충격 요법을 폐지하는 데 직접적인 영향을 주었다. 하지만 안타깝게도 헤밍웨이는 그런 변화의 혜택을 입지 못했다.

헤밍웨이 같은 사람이, 그토록 적극적이고 전투적인 삶의 태도와 글에 대해 예민하게 반응하는 대뇌를 가졌던 사람이 병원에 끌려가 연달아 전기 충격 치료를 받았으니 그것이 얼마나 비참한 일이었을지 짐작하기 어렵지 않다. 메이오클리닉에서 퇴원해 자신에게 익숙한, 황야로 둘러싸인 아이다호의 장원으로 돌아오고 나서 1961년 7월 2일, 그는 엽총을 장전해 그 총구를 입에 물고 방아쇠를 당겼다.

헤밍웨이의 죽음이 갖는 두 가지 의미

앞에서 언급한 것처럼 메리 헤밍웨이는 줄곧 그것이 총기 오발 사고였다고 주장했다. 하지만 객관적 자료에 근거해서 보면 어떻게 접근해도 자살일 수밖에 없다. 단지 헤밍웨이의 자살은 보통 사람들이 자유 의지로 삶을 마치는 것과는 조금 달랐다. 전기 충격을 경험한 그에게 얼마나 자유

의지가 남아 있었는지 우리는 알 방도가 없다. 대뇌가 변하고 개조되지 않았더라도 그가 자살을 했을지도 영원히 알지 못할 것이다.

헤밍웨이는 그 시대의 가장 두드러지고 눈에 띄는 아이콘이었다. 그가 세상을 떠난 1961년부터 1983년까지 22년간 그가 쓴 작품의 연간 판매량은 75만 권 밑으로 내려간 적이 없었다. 이것은 대단한 기록이다. 죽은 지 오랜 시간이 흘렀는데도 계속 그렇게 놀랄 만한 판매량을 유지한 작가는 헤밍웨이가 최초이며 동시에 유일할 것이다.

헤밍웨이의 죽음에는 완전히 상반되면서도 똑같이 중요한, 심지어 똑같이 매력적인 두 가지 상징적 의미가 있다. 한편으로 그는 복종하지 않는 인간과 끊임없이 저항하는 삶을 상징하며 사회규범을 별로 대수롭지 않게 여겼는데, 이런 사람은 자유롭고 포용적이라고 흔히들 생각하는 미국에서 살아도 반드시 상응하는 대가를 치러야 했다. 사회는 이 세상에서 계속 살아갈 에너지와 용기를 송두리째 잃을 때까지 그런 사람을 고립시킬 수 있는 온갖 방법을 다 가지고 있다.

다른 한편으로 헤밍웨이의 죽음은 한 사람이 아무리 열정적이고 용감한 삶을 살았다고 해도 그 내면에는 겁 많고 나약한 구석이 있음을 상징한다. 이것은 궁극적이고 절대적이며 인간 존재의 본원과 맞닿아 있는 두려움과 나약함이다. 그의 문학조차 이 나약함을 극복하지는 못했다. 헤밍웨이처럼 용감한 사람도 넘지 못하는 나약함이 있는 것이다. 이에 대해 다음과 같은 이야기를 하는 사람도 있다. 하느님은 인간을 창조하면서 인간이 헤밍웨이가 그려 낸 캐릭터가 되려 할 거라 예상하지 못했으므로, 그런 캐릭터를 맡을 만한 강력한 힘을 인간에게 부여하지 않았다는 것이다. 헤밍웨이 자신조차 자기가 그린 캐릭터를 제대로 연기하지 못했다.

우리는 헤밍웨이의 작품에서 서로 다른 관점으로 서로 다른 내용을 읽어 낼 수 있다. 『노인과 바다』에는 노인이 초인적인 의지로 청새치와 싸워 이기는 부분도 있고 아무 소득 없이 항구로 돌아간 그의 비애와 실패도 있다. 한편으로 우리는 헤밍웨이를 용사로 볼 수 있다. 후회 없이 자신의 개성으로 사회와 맞서고 충돌해 그 대가를 치른 사람이 헤밍웨이다. 다른 한편으로 우리는 헤밍웨이를 괜히 강하고 용감한 척하다가 결국 허둥지둥 도피해 죽어 버린 사기꾼으로 볼 수도 있다. 그 사람도 역시 헤밍웨이다. 신기한 사실은 헤밍웨이를 어느 쪽으로 보든 그의 소설을 멀리하고 읽지 않을 필요는 없다는 것이다. 그가 용사이든 사기꾼 이든 우리는 그의 소설에서 우리 자신의 삶과 관련된 강력한 메시지를 읽어 내며 계속 신선한 충격을 받을 수 있다.

옮긴이의 말

아름답고 고귀하고 행복했던 번역

이 책은 내가 일곱 번째로 번역한 양자오의 고전 해설서이다. 이전에는 『논어』, 『시경』, 『좌전』, 『상서』, 『순자』, 『전국책』에 대한 해설서였지만 이 책부터는 근현대 서양 고전에 대한 해설서이다. 나는 본래 동양 고전은 심드렁해하고 서양 고전을 즐겨 보던 중국학 전공자여서 『논어를 읽다』나 『시경을 읽다』 같은 책보다는 이 『인생과의 대결』이 번역하기에 더 재미있고 속도도 빠를 것이라고 예상했다. 하지만 웬걸, 더 재미있기는 했지만 속도는 외려 반감되었다. 여러 이유가 있었지만 줄이면 두 가지, 양자오의 박학과 코로나19 때문이었다.

양자오는 처음부터 헤밍웨이의 작품 해설에만 열중할 생각이 없었다. 『무기여 잘 있거라』와 『노인과 바다』가 이 책이 해설하려는 주요 작품이기는 하지만 스타인이나 레마르크 같은 동시대 작가의 작품이 계속 인용되고 나아가 헤밍웨이가 살았던 시대의 정치·사회·문화적 배경이 심도 있게 조명된다. 그리고 이 모든 것이 그물망처럼 연결되어 헤밍웨이라는 그 시대의 아이콘을 총체적으로 파악하게 한다. 내가 단순히 독자의 입장이었다면 역시 단순하게 저자의 이런 글쓰기 전략과 그것을 뒷받침하는 박학에 그저 탄복하기만 했을 것이다. 하지만 나는 독자인 동시에 역자다. 내가 얼마나 귀찮았을지 이 책의 독자는 쉽게 짐작할 것이다. 장이 바뀔 때마다 글의 성격이 정치사·철학사·전쟁사·문학사 심지어 스포츠사로 전환되어 꽤 여러 차례 헛웃음을 지었다. 당연히 구글·중국 바이두·타이완 야후, 나아가 일본 야후까지 각국의 검색 엔진을 다 사용해야 했고 그만큼 시간이 더 소요되었다.

더욱이 앞부분에서 상당히 긴 영어 인용문이 여러 군데 턱, 하고 제시된 것을 보았을 때는 기가 막혀 울고 싶었다. 나는 중국어 번역가이다. 영어는 젬병이다. 물론 그 인용문들 밑에는 중국어 번역문이 붙어 있었지만 우리 독자들은 한국인이 아닌가. 기계적으로 그 중국어 번역문을 한국어로 번역해(이것을 '중역'重譯이라 한다) 영어 인용문 밑에 붙여 놓으면 영어 잘하는 우리 독자의 눈에 띄어 어떤 사달이 벌어질지 모른다. 나는 눈물을 머금고 영문학 석사 학위 소지자인 아내에게 영어 인용문 번역을 부탁했다. 하지만 무슨 이유에서인지 아내는 단호히 거절했다.

"먼저 번역부터 해. 내가 나중에 한번 봐 줄게."

나는 구시렁거리며 기존 헤밍웨이 번역서를 참고하면서 혼자 어렵사리 영어 인용문 번역을 마쳤다. 나도 이제 베테랑 번역가인데(중국어이기는 하지만) 네 검사 따위는 안 받고 싶다고!

한편 이 책의 번역 기간은 2020년 10월~12월 사이였다. 이때 코로나19는 소강상태에서 출발해 점차 제2차 유행으로 치달았다. 평소 스터디 카페나 커피숍에서 작업해 온 나는 점점 더 갈 데가 마땅치 않아졌고 결국에는 꼼짝없이 집에 갇히는 신세가 돼 버렸다. 솔직히 말해 나에게 집은 평생 쉬는 곳·노는 곳·자는 곳일 뿐이었다. 아내가 침실의 간이 책상을 내주면서 파이팅을 외쳐 주었지만 좀처럼 일의 효율이 오르지 않았다. 일을 하다가 번쩍 정신을 차리면 어느새 아내와 함께 오디션 예능을 보고 있거나 부엌에서 요리를 하고 있거나 유튜브로 백종원 요리 채널을 훑고 있었다. 이러니 번역 기간이 안 늘어질 수가 있는가. 계산상 한 달이면 끝낼 원고를 석 달이나 끌고 말았다.

하지만 금전적으로는 손해를 봤을지언정(번역가에게는 매분 매초가 곧 돈이다) 정신적으로는 내내 풍요로웠다. 타이완을 대표하는 인문학자이자 대중 강연가인 양자오의 손에 이끌려 여기저기 알 수 없는 데로 헤매며 헤밍웨이라는 거대한 비밀에 접근해 가는 기분이 상당히 스펙터클했다. 더욱이 양자오는 「고전에 관한 세 가지 논의」經典三論라는 글에서 고전은 독자에게 삶에서 가장 진귀한 것, 즉 아름다움과 행복과 고귀함을 체험하게 해 준다고 강조한 바 있다. 나 역시 이 책을 번역하면서 헤밍웨이의 두 고전, 『무기여 잘 있거라』와 『노인과 바다』에 대한 양자오의 웅숭깊은 해설을 통해 그 아름다움과 행복과 고귀함을 어느 정도 맛보았다고 고백해야겠다. 거대한 청새치의 잔해를 조각배에 비끄러맨 채 어둠을 헤치고 항구로 돌아오던 노인 산티아고의 허탈하면서도 자부심 가득한 표정이 오래도록 머릿속에 남을 듯하다.

자, 이제 헤밍웨이의 항구에서 닻을 올리고 다시 양자오의 손가락이 가리키는 대로 하루키 월드를 향해 떠나기로 하자.

2021년 6월

헤밍웨이 연보

1899년 7월 21일, 어니스트 밀러 헤밍웨이는 미국 일리노이주
오크 파크에서 태어났다. 내과의사였던 아버지는
사냥·낚시·야외 캠프 등을 좋아했고 어머니는 본래
뉴욕에서 오페라에 출연한 성악가로 음악 교사로 일했다.
그는 육 남매 중 둘째이자 장남이었다.

1913~1917년 고등학교에 입학해 교지 편집을 시작하면서 '링 라드너
주니어'Ring Lardner Jr.라는 필명으로 글을 발표했고 학업과
운동에서 모두 두각을 드러냈다.

1917~1918년 대학 진학을 포기하고 18세의 어린 나이에 지방 신문
『캔자스 시티 스타』의 기자가 되었다. 그의 간결한 문체는
그곳에서 형성되었다. 반년 만에 사직하고 자원입대해
제1차 세계대전에 참전했지만 안질로 인해 적십자
야전병원에서 운전병으로 일하게 된다.

1918~1921년 1918년 7월 8일, 이탈리아 밀라노에서 보급품을
운송하다가 부상을 입었고 입원 기간에 간호사와 사랑에
빠진다. 그는 이 경험을 『무기여 잘 있거라』에 녹여 넣었다.
전쟁이 끝난 뒤 1920년에 캐나다 토론토로 건너가 기자

생활을 하고 1921년 해들리 리처드슨과 결혼한다.

1922년 소설가 셔우드 앤더슨Sherwood Anderson의 소개 편지를 갖고
온 가족이 파리로 이주했고 미국의 모더니즘 작가 거트루드
스타인과 알게 되었다.

1923년 시문집『세 편의 단편과 열 편의 시』Three Stories and Ten Poems
출간. 장남 잭이 태어났고 스타인이 대모가 돼 주었다.

1925년 단편집『우리 시대에』출간. F. 스콧 피츠제럴드를 사귀었다.
파리 시절의 생활은 그의 사후에 출간된 회고록『파리는
날마다 축제』에 서술되어 있다.

1926년 첫 번째 장편『해는 또다시 떠오른다』출간.

1927년 해들리와 이혼하고 같은 해에 기자 폴린 파이퍼와 결혼한다.
『여자 없는 남자들』출간.

1929년 『무기여 잘 있거라』출간.

1932년 『오후의 죽음』과『킬리만자로의 눈』출간.

1933년 『승리자에겐 아무것도 주지 말라』Winner Take Nothing 출간.

1935년 『아프리카의 푸른 언덕』Green Hills of Africa 출간.

1937년 스페인에 가서 스페인 내전을 취재.『가진 자와 못 가진 자』
출간.

1938년 여성 작가 마사 겔혼과 연애.

1940년 『누구를 위하여 종은 울리나』 출간.

1944년 마사 겔혼과 이혼하고 네 번째 아내 메리 웰시와 결혼.

1950년 『강 건너 숲속으로』 출간.

1952~1954년 1952년 『노인과 바다』가 출간되어 1953년에
　　　　　풀리처상을, 1954년에는 노벨문학상을 수상.

1961년 7월 2일, 아이다호주의 자택에서 권총 자살.

세계문학공부를 펴내며

사람들은 종종 책과 문학을 분리합니다.

"책은 좋아하지만 소설은 읽지 않는다."

"시는 어렵고 내 취향이 아니다."

무람없이 이야기하며 독서의 대상에서 문학을 제외하지요. 문학의 쓸모를 의심하기도 합니다. 난해하고 당장 써먹을 지식도 아닌 것 같다면서요. 하지만 문학의 힘과 읽는 즐거움, 읽고 난 후의 감동을 경험하고 나누는 사람이 곁에 있으면 그 문을 두드려 보고 싶은 마음이 생길지도 모릅니다. 높은 산을 쉽게 오를 사잇길을 누군가 알려 주고 동행한다면 한번쯤은 같이 오를 마음이 생기는 것처럼요.

세계문학공부는 바로 이런 독자를 위해 기획한 시리즈입니다.

자기 시대, 자기 나라를 대표하는 작가로 불리는 이들이 있지요. 미국의 헤밍웨이, 일본의 하루키, 프랑스의 카뮈, 독일의 릴케, 콜롬비아의 마르케스……. 나는 읽지 않았어도 수많은 작가와 작품이 인용하고 어디선가 들어 본 이름들이 있습니다. "누구누구를 읽지 않고 어디어디 문학을 논하지 말라."

와 같은 무섭고도 거창한 말도 간혹 들리지요. 하지만 그런 협박성의 추천을 들어도 읽어 볼 엄두가 쉽게 나지는 않습니다. 일단 두껍고, 다른 나라 이야기이고, 한두 권도 아닌데 왜 읽어야 하는지 모르겠으니까요.

이 시리즈를 쓴 양자오 선생은 중화권을 대표하는 인문학자로 세계에서도 보기 드문 전방위적 텍스트 해설 능력을 갖춘 독서가입니다. 당신 자신이 소설가이자 좋은 책을 소개하는 라디오 프로그램의 진행자이며 탁월한 문예비평가이기도 합니다. 선생은 책과 문학의 문 앞에 서서 주저하는 이들을 위해 '명작을 남긴 거장'으로 손꼽히는 작가와 그들이 살았던 시대, 그들의 뛰어나고 독특한 작품을 만든 삶과 체험에 대해 이야기합니다. 기질은 어떻고 무엇을 좋아했는지, 어느 때 어디에 살았고 그때 그곳에서 어떤 일을 보고 겪었는지. 어떤 경험이 이 사람을 이런 작가로 만들었으며 그 모습이 여실히 드러난 대표작은 무엇인지 읽노라면 멀게만 느껴지던 작가가 조금씩 친근해지며 이런 '사람'이 쓴 값진 '이야기'를 읽어 보고 싶어집니다. 오랜 숙원인 '세계문학 읽기'가 시작되는 것이지요.

이미 문학 읽기의 기쁨을 아는 독자에게는 다시 읽기의 즐거움을 함께 맛보자고 제안합니다. "저도 예전에 읽었는데 이번에 다시 읽으니 이런 것들이 보였습니다만……." 하면서

요. 읽다 보면 '어, 나도 읽었는데 왜 이건 못 봤지?' 하는 마음이 들며 먼지가 소복이 쌓인 서가에 꽂아 둔 오래된 이야기를 다시 읽고 싶어집니다. 언젠가 해 보려 했던 '다시 읽기'가 시작되는 것이지요.

스스로를 알고 타인을 이해하는 것이 문학 읽기의 쓸모라고 말하는 사람들이 있습니다. 문학은 언제나 우리를 더 나은 사람이 되도록 이끈다고 말하는 사람들도 있지요. 이 책은 우리를 이 쓸모의 바로 앞까지 데려다줍니다. 작가가 궁금해져서 작품 읽기를 시작해 보고 싶은 마음, 다시 읽기를 통해 이전에는 몰랐던 작가의 새로운 모습을 발견하고 싶은 마음, 나아가 작가가 살았던 시대와 세계까지 알고 싶은 마음이 생긴 독자와 함께 읽고 싶습니다.

유유 편집부 드림

인생과의 대결
: 헤밍웨이 읽는 법

2021년 6월 24일   초판 1쇄 발행

지은이   **옮긴이**
양자오   김택규

펴낸이   **펴낸곳**   **등록**
조성웅   도서출판 유유   제406 - 2010 - 000032호 (2010년 4월 2일)

                주소
                서울시 마포구 동교로15길 30, 3층 (우편번호 04003)

전화   **팩스**   **홈페이지**   **전자우편**
02 - 3144 - 6869   0303 - 3444 - 4645   uupress.co.kr   uupress@gmail.com

                페이스북   **트위터**   **인스타그램**
                facebook.com   twitter.com   instagram.com
                /uupress   /uu_press   /uupress

편집   **디자인**   **마케팅**
사공영, 백도라지   이기준   송세영

제작   **인쇄**   **제책**   **물류**
제이오   (주)민언프린텍   (주)정문바인텍   책과일터

ISBN 979 - 11 - 89683 - 94 - 8 04800
      979 - 11 - 89683 - 93 - 1 (세트)